剎那芳華

紀連彬，中國國家畫院副院長，著名畫家，一級藝術師

漫言峰絕無歸路
西域蒼茫可引了
君度

山高水遠人去空倚塞面望故園東征衣兩袖初浸露莊
去一懷好乘風藏地鄉音維旅夢南天淨兩泷晨鐘
漫言峰絕無歸路西域蒼茫可引了
張珍遠劉俊居俊西藏
壬寅夏月吉旦君度書於香江

梁君度：香港知名書畫家

序

剎那，驚心而深刻，從一九八八年見到作為同鄉同窗的張楨至今，剎那竟是三十餘年。一個人是該以怎樣的況味寫下「剎那」二字，但張楨還是張楨，她說還有「芳華」。

當年同乘由呼和浩特至北京的綠皮火車，與一併托運而來的行李，在九月初依然燠熱的北京進入真正的人生成長。印象中和幾位同鄉同去香山，一切興奮且茫然，但身著白衣的張楨似乎比我們多些從容。自始至終，有著一個慌亂的時節裏不慌亂的表情，美麗清爽自如矜持。

北大學生都有一種各自生命的基因，見時如雲，散時如風。畢業三十年後又見，片斷了解張楨，域外生活及她的詩文。

張楨的詩充滿著一種執拗的眷戀和懷念，對親情、愛情、對錯過、對逝去，凡此種種，其間瀰漫的傷感有一種十足的鏡像感。反覆、堅韌、自視、反觀，於古典表意中以秘語般的方式描述自己的成長、遊歷、漂泊以及樂趣、偏愛，極致的裝飾性、纖微的回憶感、迷濛的真實感、節制的期待感。

書中張楨所講述的愛情故事讓我觸動的原因是一個人對過往的態度，銼骨聽聲，愴然淡然。

一個在今天依然用詩句來思忖和表達的人，該有怎樣的文字執念、該有怎樣的思慮輾轉，該有怎樣的完美情結，又該有怎樣的強韌力量。張楨是那個對自己不輟解答且必須給出答案的人。

喬衛
二〇二二年四月二日於北京

喬衛，北大中文系畢業，知名策劃人、撰稿人、媒體人、文化學者

輯一：詩集

目錄

一，每逢佳節——
人在天涯月在樓

春節

清平樂・春節

太平春半，故地音書斷。新歲同遊心尚亂，情似芳茵蔓蔓。　晚天疏雨無憑，花飛歸夢難成。最是一場離散，轉頭淚止還生。

清平樂　　八一級經管系吳師兄

紅塵路半，燕園情未斷。聞香品詩意始亂，鷺島月圓潮滿。　神馳心動無憑，咫尺執手難成。無邊夢縈如草，湖塔妙趣平生。

情人節

二○二○年二月十四日情人節

　　武漢圍城，一對醫護人員情侶，戴著口罩隔著玻璃親吻作別，男生要去馳援武漢，女生說我等你回來，就嫁給你。

我等你回來

你在冬日離開，
去往那黃鶴飛過的樓台。
無盡的江水流過，
洗不盡何處而來的霧霾。
茫茫的天際之外，
看不到你今夜安在？
可我知道你沒有走遠，
你是那山，你是那海，
你去拯救從未放棄的世界，
我在等待你讓世界重新放出的光彩。
你是無數生靈的希望，
你是
寒冷的風掠過江淮，
多少時刻已經掩埋。
挽留的手伸出又放下，
無眠的眼閉上又張開。
你告訴我人間沒有無奈，
有的是你和你們挺身捍衛的未來。
長夜漫漫，長路遙遙，
我等你掃清命運的阻礙，
我等你拂去黑暗中的塵埃，
我等你回過頭時那一縷陽光飄到窗外，
我等你回來。

情人節

半生何處復卿卿，弦動無端總舊音。
一盞尊前酬綠蟻，三生石上證蘭因。
菱花未必當年貌，玉枕依然昨夜沉。
緣不由人非得已，羅裳彈破未調琴。

和楨師妹　　七九級歷史系吳師兄

指尖零落水叮咚，舊時音韻總關情。
綠蟻時染杯中影，蘭因又催筆下鋒。
當年菱花亂七韻，昨夜星辰碎四聲。
最是因緣難分解，不醉繞梁醉號鐘。

元宵節

元宵節

燈華燦燦滿中州，彩舞金宵原上遊。
千樹銀花聞雪唱，一懷暖意笑風流。
清光無槳穿碧水，桂影似紗透離愁。
聚散如謎渾不解，人在天涯月在樓。

和楨元宵詩　　八八級生物系鍾粟

晶華正好五十州，何不秉燭月中遊？
星星微雨清霜路，點點飛花逐水流。

有情可待成知己，無心勉強畫詩愁。
回首歷歷付一笑，再著霓裳上小樓。

和楨元宵詩　　八二級世經系施堅

春風暖暖薰杭州，一葉扁舟湖上遊。
軟語嫋嫋三潭唱，雷峰千古對橫流。
西湖內外皆碧水，如波蓮荷映鄉愁。
人在船中魚不解，今朝天堂有蜃樓？

清明節

江城子‧清明念親恩

音容何覓世無常。晚風涼，暮雲黃。秋去春來，柱羽歎離鵠。放盞更辭容後飲，慈嚴遠，舊華堂。　蒼天問斷碎愁腸。把滄桑，入行囊。世間尋遍，孑然自彷徨。會夢故原清明柳，驚醒處，淚如漿。

江城子‧清明憶故人　　八八級法律系劉同學

遙思青塚暮雲邊，淚濕衫，筆停箋，夢歎浮生，何奈世如煙。春未盡時人已老，枝帶雨，靜扶欄。　寺前獨步意闌珊，燕棲處，舊時軒，一襲香塵，都付廢牆垣。孤影飄搖隨落照，無處訴，此心酸。

後記：同是一曲〈江城子〉，婉約豪放各不同，蘇軾已經把〈江城子〉寫成了範本，也是天花板。清明時節愁斷腸，誰的人生不是充滿無奈，無論是才子佳人還是凡夫俗子，活在當下，憐取眼前，不再強求遙遠的奢望，不再歎惋歲月的無情，讓斑駁的記憶一次次把漫長歲月沉澱。留一縷慈悲的念，淡然而從容地走過屬於自己的風景，素衣白衫留下明月清風的影……，種一朵蓮，在心中淨土寂寂開放。那是淚水澆灌的獨自潔淨，是不曾被見過、吟過、染過的空明。

端午節

臨江仙・端午佳節

葉底斑斕幽徑，桂中曩窈清光。春風颱蕩弄新妝，多情佳節雨，時令正端陽。　山色迷濛勻面，月華搏弄梳妝。浮生一日暫相羊，青燈觀古卷，對影兩彷徨。

七夕節

七夕節

雲清紫漢，煙樹金陽盼後羿，
碧海青天，錯看紅塵怨嫦娥。
鴛夢難求，鳥散餘花忙織女，
異鄉獨苦，長夜銀河斷牛郎。

和楨七夕詩　　八八級法律系劉同學

漫漫天河寒星燦，異旅他鄉，總把離人盼。又是七夕逢月半，相思兩地愁雲漢。　　遙慕佳人風華冠，玉影蝶姿，婀娜輕舞扇。揮去心頭無限憾，人間長恨別離歡。

中秋節

長相思・中秋節

獨憑欄，莫憑欄，千里河山共廣寒，更闌讀舊箋。　　分亦難，聚亦難，衣帶汛瀾向故園，月還人未還。

中秋月

嫦娥晚醒問寒宮，搖落冰輪散碎瓊。
對鏡畫眉烏鬢客，扶門翹首白頭翁。
雕欄納指忽成印，繡履回眸已失蹤。
漫憶梅中曾砌玉，此情堪與夢時同。
註：此詩興到而作，用韻從寬，上平一東，二冬，下平八庚合韻。

中秋月

桂影婆娑照寒宮，一輪寶鏡自當空。
三更遙望蓬山遠，萬里清輝碧海東。
伴雨相思滴碎葉，隨雲眷念寄飛鴻。
年年此夜為長夜，孤星望月與誰同。

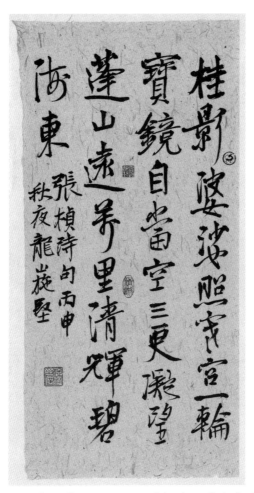

施堅，北京大學八二級世經系校友，著名書法家

和楨詩　　八八級政治系龍飛

最是寂寞廣寒宮，吳剛桂花總成空。
碧海青天嫦娥遠，一夜秋雨京華東。

重陽節

清平樂·長相憶——重陽節

寒鴻夜雨，誰曉蘭心語，霜染青絲飄幾許，回首紅妝院宇。　獨酌淺醉重陽，畫眉難繪初香，待問歸期還未，黃昏無限思量。

踏莎行·和楨師妹重陽　　八五級無線電系陳師兄

才飲中秋，又斟重九，節如熟釀香熏透。有樽須向午天傾，煙沉色暖添醇厚。　桂淡棠濃，梅肥菊瘦。雁飛聲裏人懷舊。登高暫不數茱萸，遙思已到重逢後。

耶誕節

耶誕節現代詩

平安夜
你在哪裏？
陌生又熟悉的城市
有人在夜宴
有人在祈禱
我隨著海風走走停停
藍色天際那端，是巴伐利亞和波希米亞的冰天雪地。
獨自走過柏林勃蘭登堡門
飄過黑森林的雪，吹過萊茵河的風，

捲起來自東方的一頭黑髮。
腳印已經是我的生命的痕跡
難過的時候我抬頭微笑
有人說你笑起來多好
我把卷髮盤起
風繼續吹
有人在慢跑
有人在駐足
我走走停停

平安夜
你在哪裏？
陌生又熟悉的城市
有人在夜宴
有人在祈禱
有人在等一個紅帽子白鬍子的老人
麋鹿開口唱著 Jingle Bells
雪橇飛過彩燈璨的夜空，
劃過 Central Park 綠草如茵
等待冰雪奇緣
The Cathedral Church of St. John the Divine
祈禱的手，
靜凝的夜
Amazing Grace
Silent night
always in our hearts

Rockefeller Center 前帶著紅紅的尖帽
牽手在冰上留下曼舞的身影,
在聖誕樹下輕吻,
走在曼哈頓街頭
站在世界的十字路口
駐足 Times Square 相擁等著倒計時
彷彿就是昨日
yesterday once more
風吹動我的長髮,
你說,不要走,留下來陪我,快樂的小女孩

平安夜,
你在哪裏?
有沒有看見我在風中獨行
風吹亂我的卷髮
陌生又熟悉的城市
有人在夜宴
有人在祈禱
耳畔響起了家鄉的歌
豪邁的長調
馬頭琴的暗啞
斡難河流不盡我的鄉愁
走了那麼遠,那麼久
心中依然是遠方家園
年幼時父母的懷抱
父親溫暖的手指摩挲我的短髮

說，走吧，要象小男孩一樣的勇敢

後記：背井離鄉那麼多年，學會了獨處，也習慣了獨自過節。曾經濃烈的情感，無論是親情，友情，還是愛情，最後都是情到濃時情轉薄。靜水流深，塵埃落定，一切都會月白風清。某些日子裏，靜看那玉壺春的青花瓷，用一朵花開的微笑妝點，遺世的梅獨自幽香，空谷的蘭寵辱不驚，摒退四野的蒼涼；靜聽一曲平沙落雁的悲歡，四周流動著古老鄉愁的音韻，妙音如泉緩緩流淌，餘音嫋嫋繞梁縈回，一卷卷泛黃的書卷，讀出鳳飛蝶舞的莊周與黃粱。從無法圓滿的棋局裏走出來，就是圓滿。品一壺水仙清茗，德化的白窯瓷杯點綴如意的紋飾，隨手翻翻舊照，細數輪迴往事裏的紅妝，把歲月品成一杯清茶，即使自斟自飲，枕著光陰慢慢變老。

二，自在——簾外浮雲來又行

這一年庚子年，她十八，我五十。

我在這世上活著
手無寸鐵
沒有人站在我的身後
擋住洶湧的風
更沒有人站在我的面前
擋住刺眼的光
我抱緊的只有自己
抱得更緊更牢靠一些啊
是我的尊嚴　我的本份　我做人的樣子

我活在這世上
手無寸鐵
沒有刀鋒　沒有尖銳的刺
從不無往不利　從不春風得意
我站立的姿勢比劍挺拔自強
我沉醉的笑容比花自在自立
我痛苦的淚水比長歌真實
我抱緊的只有　自己
抱得更緊更牢靠一些啊

　　過去如曇花一現，不是用來回首，也不是用來遺忘，只當

做是簡單的存在，當做是登岸必經的溪流。不去在意誰曾來
過，誰又曾走了，與誰同行並不重要，重要的是給自己找到
那條明朗通透的路，讓心如何地清透如水，行走在刀口劍鋒之
上，依舊可以做到從容堅定；迷失在雲海霧靄之中，依舊可以
明心見性。無所畏懼才可以破水而去，乘風而行。

後記：這是我非常喜歡的一首詩一段文字，已經不記得作者是誰
了。生活中天天是忙忙碌碌辛辛苦苦平平淡淡，早已經過了自揭傷
疤求關注的年紀，這世上從來沒有感同身受，一切的內傷都靠自己
修煉康復。我喜歡偶然發現走過路過的風景，原不過是七天二十四
小時的瞬間，不經意間把自己營造成了遊山玩水的玩家，也是有
趣。每次有人說，你逍遙自在神仙一樣的人，我都不知道如何接
話，酸甜苦辣都湧上心頭，只能微笑著應承了這美圖後的形象。

接受自己年華老去真的好難，但是時光早已設定了鬧鐘，滴答
滴答，時候到了，任誰都無法阻擋。昂貴的化妝品用了這麼久，也
無法阻擋暗紋叢生。各種名目繁多的美容都不能阻擋老去的腳步。

我四十歲時，那個可愛的小人兒，偶然從我一頭濃密的黑髮中
拔掉一根白髮，都覺得為媽媽做了甚麼了不起的大事。

我五十歲時，那個亭亭玉立的小美女，認認真真幫媽媽塗勻染
髮膏。兩鬢的華髮，完全不均勻的野蠻生長，最 IN style 的髮型
師都不知道如何挑染，只能全部染成流行的栗色。

曾經喜歡拍照，現在攝影師不停地調整光圈改變鏡頭，我不斷
調整姿態，再加上後期修片，都拿不出個像樣的圖，從此不再喜歡
拍照了，當真這樣也好。

曾經的纖細苗條，如今是穩！重！大！方！曾經自己也是美美
噠不斷地買買買各種漂亮的衣衫。現在是甚麼大品牌穿上都不滿

意，不知道是怨腿粗還是嫌腰肥，從此不再喜歡華服。當真這樣就好，自然斷捨離不用剁手。

從不惑到知天命，有時候以為自己達到自在逍遙的狀態，即使遭遇困境，內心也可以平安喜樂，親朋好友們也為之歡喜讚歎，偶然還是會有某些莫名其妙的人與事來試探打破自在。人生並不總是被善意與溫情圍繞，學會與病毒共存是需要力上加力。

自在

古城朝夕換陰晴，一階風聲報雨停。
眼觀高天祥雲淨，心若聖地皓月明。
笑看閒言無端事，讀盡泡影幾卷經。
夢罷慵起臨書案，簾外浮雲來又行。

二〇二一年新年

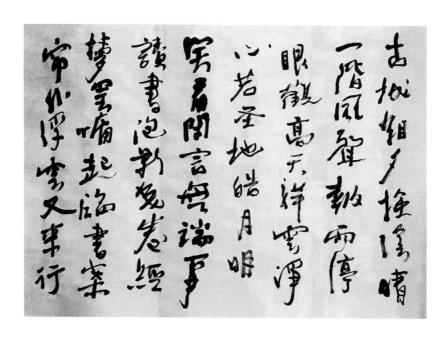

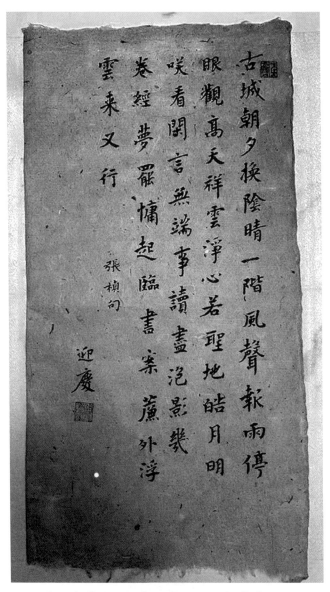

古城朝夕換陰晴 一階風聲報雨傳
眼觀高天祥雲淨 心若聖地皓月明
嘆看閒言無端事 讀盡泡影幾
卷經夢罷慵起臨 書案簾外浮
雲乘又行
　　　張楨句
　　　迎慶

陳迎慶博士，北京大學八八級數學系校友

非自在──和張楨校友〈自在〉　　八一級中文系張師兄

雪霽銀裝被早晴，隔窗聽看北風停。
衾中餘暖魂歸淨，夢裏殘花影若明。
閉戶欲藏寒冷事，困身無解是非經。
空涼夜盞狼藉案，白莽冰封苦野行。

和張楨師妹〈自在〉　　八二級法律系秋笛劉師姐

燕京數九雪無停，鳥雀巢中盼早晴。
欲問天公何日霽，山川草木雪雲明。
從容談笑人應健，無奈滄桑久歷經。
幾卷詩書唯恨事，來生仍願與君行。

三，念親恩——夢醒慈母喚

鷓鴣天·回鄉偶記

昭君殊色貌絕倫，錦裘貂帽嬝娜身。北風雁急浮雲驟，琵琶聲繁馬上聞。　眉黛雪，冷朱唇，清音一曲笛最銷魂。君王難悔丹青誤，卻誤紅顏到塞垣。

二〇一六年十二月

江南情·和回鄉偶書　　七九級中文系石師兄

鄉音已隔無重遠，念到深時無處深。
明年逢見桃李樹，只數鮮花不數人。

和回鄉偶書　　八八級社會學系王同學

舊時模樣宛如痕，敕勒歌中幻此身。
何當東市買駿馬。與君同歸青山深。

和回鄉偶書　　八八級天體物理系趙同學

漢宮秋月宛留痕，麗質天然本心楨。
千年一隙過白駒，新露青草不染塵。

和回鄉偶書　　八八級政治學系龍飛同學

大漠狼煙弄月痕，彎弓未識伊人楨。
胡笳一曲醉白駒，幾多清露洗凡塵。

念親恩

莘莘學子負笈十年，十年飄零北美尋夢，
夢裏情牽慈母淚眼，淚眼朦朧髻綰妝容，
容妝易逝女慰心懷！懷悲遠歎恩慈阻隔！
隔阻山水情緣難棄，難棄紅塵如玉此身。
身是浮雲往來隨心，心似波濤起伏無盡。
無盡相念只撫長髮，長髮及腰為誰而留？
留得一絲芬芳依稀，依稀往事訴與君聽，
聽雨客舟不禁悲秋，秋光繞指不變紅顏。

二〇一五年六月

草原金秋——内蒙古

疑似寒宮失月桂，斧得奇峰落戍邊。
浪疊群山生浩氣，風揚四海嘯長天。
如濤谷影湖光裏，似雪芳華草樹前。
俯首巖中皆琥珀，轉身已在白雲間。

二〇一五年八月

回鄉偶書之擬漢樂府

孔雀東南飛，五里一徘徊，
徘徊無所依，獨飛頻傷懷。

今宵離別後，何日復北來？
蕭蕭白髮翁，有媼亦垂垂。
叮嚀復叮嚀，未去已盼歸。

行行復行行，步步將首回。
煢煢復煢煢，滴淚化成灰。

十七別故里，躊躇赴燕園。
不識嚴父恩，難解慈母憐。
天地任我行，展翅盡歡顏。
十八為理想，慨然從軍前。
熱血少年郎，魂斷自安然。

十九染相思，悲喜為君緣。
同心結千千，紅塵意睉睉。
天不垂憐意，離合總難全。
悵悵折柳處，念念終無眠。
當年明月在，樓前銀杏繁。

憾憾難消除，鬱鬱別故鄉。
烈烈西風緊，滔滔江水長。
風雨路三千，思親苦斷腸。

夢醒慈母喚，雁來胡不歸？
淒淒芳草亂，依依向斜暉。
孔雀東南飛，五里一徘徊。
徘徊尋故里，故里草木微。

二〇一五年十月

四，周遊列國──一夢到歐洲

　　我少年時是個武俠小說迷，後來成了偵破小說迷，基本上歐美，日本名家的偵破經典都讀過，此次帶女兒來伊斯坦布爾也專程到佩拉皇宮酒店，致敬愛葛莎克利斯蒂，這裏是她寫作《東方快車謀殺案》的地方。凌晨四點就被阿訇的詠嘆調喚醒，也聽不懂只覺得莫名的哀傷，古老的電梯居然還在使用中，二戰諜影還有影影綽綽的印記，乘興勉為其難寫下第一首古詩，答故人。當然了，土耳其烤肉與土耳其浴都是要試一試的，土耳其浴室完全沒有安格爾畫作的感覺。我也喜歡神秘或古老的傳說，去墨西哥看瑪雅古城，去賀蘭山看岩畫，去酆都看鬼城，去百慕達探幽，追尋一千零一夜的腳步到阿拉伯，遺憾那時候沒有微信記錄行蹤，也不曾寫過遊記與長短句。人生最美的不是物件，而是人、地方、回憶和照片，是感受的瞬間，笑語與哭泣，還有記錄這一切的文字。

遊土耳其答故人

一曲長歌我動容，凝眉低首歎君情，
風輕雲淡揚飛雪，無奈天涯我獨行。

曾倚佳人畫韶容，也承遊子唱離情。
奈何天不憐儂意，偏教狂風浪裏行。

二〇一二年秋

　　這些年每年都會安排時間陪父母旅行，以彌補多年不曾陪伴在側的遺憾。我父親喜歡讀歷史雜書，也喜歡美酒佳餚，更喜歡旅行看世

界；我母親喜歡聽奇文異志，也喜歡旅行看世界，更喜歡買衣服。這些似乎也會遺傳，從我到我女兒都是選擇性地繼承我們想要的一些。我們一起遊歷北美、澳洲、東南亞、歐洲，印度之行是我們最期待也最失望的旅行。我喜歡遺失的古城崩密列，以及高棉的微笑，女兒喜歡迪拜沙漠的豪華，巴黎香榭麗舍大街，米蘭的時裝，徐志摩的康橋與哈利波特的古堡。父母最喜歡澳洲的動物，斯里蘭卡的淳樸，還有美麗的巴厘島，馬爾地夫寧靜的海。在巴厘島的情人崖海邊，那裏是婚禮舉辦聖地，美的令人心動，連父母都駐足讚歎良久。我在這裏模仿卓文君，寫了一篇數字詩習作答故友。俄羅斯尋夢之旅也令人懷念，父母與我都學過俄語的，有著濃厚的俄羅斯情結。但是語言就是這樣，沒有使用的機會，看著個個熟悉的字母，彈舌音就在喉嚨口，但連基本的問路都不會了。憶起少年時夢想著去莫斯科留學的心願，后來卻負笈北美，真是南轅北轍，不過依然學會了雲淡風輕悠然自得。沿著藍色的多瑙河看大橋，總算是三代人達成一致共愛。尤其是布達佩斯的鏈子橋、布拉格的查理大橋，都讓人回味無窮。

巴厘島答故友兩首

一、
天涯咫尺情無間，
一別之後，
兩地花拈。
三千里江山變幻，
觥籌間，遲疑幾番，
功名都作雲煙。

四季獨倚雕欄，
思念苦，幾分繾綣，
無奈花後人前。
五更紅燭，
六月炎天，
七夕遙望銀漢邊。
離別苦，君在雲端，
八極逍遙香常伴，
相見難，與卿多歡，
九重霄上抱月眠。

二、
瓊枝玉露又一春，
數載漂泊，
半世豪情，
百年功業何處尋。
少年志，移星換斗，
一杯古塚王陵。
幾片亂紅晚照，
漫登樓，歸鳥空鳴，
簾外誰是知音。
十里梅花，
雙飛蝶影，
萬種詩文豈獨吟。
挽弓弦，恐閒置雕鞍，
零朱散玉歎香魂。

夜迷茫，孤影憂憐，
千般心事撫羅裙。

二〇一三年夏

俄羅斯之秋

清風自由，歲月不居，
笑拂散雲落花，
掩閨怨，
淺夜秉燭茶伴讀，
朝日振袂入人間，
秋色正好看。

二〇一三年秋

Tonight I celebrate my love for you

坐在華衣怒馬的 fiaker
遊蕩在薩爾斯堡的街頭
清脆落地的馬蹄聲
驚醒了異鄉的旅人
隔著面紗上冰涼的水鑽
你看見了我的眼睛
你我是分不開的
如同琴瑟合鳴
如同風雨同舟
如同華彩樂章，
任由癡狂的指尖隨意演繹

貝多芬，舒伯特，莫扎特
奏鳴曲、交響曲、協奏曲、
寧靜的、典雅的，歡快的，惆悵的
都是最美的仲夏夜之夢。

二〇一四年冬奧地利、瑞士

後記：夏天的薩爾斯堡音樂節是值得一再回味，莫扎特的出生地，音樂之聲的拍攝地，還有那個八百多年歷史的餐館，歐洲最古老的餐館，甜點大的驚人甜的發膩，也是不能不試一試，因為這就是歌劇歌詠的愛的感覺。冬日的蘇黎世美的似乎不是人間，白天鵝在湖面遊弋。尤其是聖誕夜，華燈初上，走在掛滿施華洛世奇水晶妝點的街道，就像童話中的冰雪奇緣，讓人忘記寒冬。

遊富士山

越島下東瀛，挾風歌遠行。
同窗心共暖，滄海月獨明。
漫道雪如焰，無為天自晴。
故園千里隔，此意雲可乘。

二〇一四年早春

南鄉子・無常・西班牙聖家堂有感

煙暖暮雲愁，爛漫青春轉首休，落盡繁華消歇處，幽幽，全仗丹青豁舊眸。　飛絮晚來秋，歲月崢嶸意未酬，一世疏狂東逝水，悠悠，鐵馬秋風染白頭。

後記：歐洲的古老城市，總是一段歷史覆蓋交織著另一段歷史，有黑暗也有光明，常常給人沉重感。高迪與他的巴賽隆納，一座城與一個人彼此成全，讓人忘掉那沉重的底色。只記得了溫暖，如地中海岸的陽光，記得還有那藍天白雲碧海新月不能辜負。這些年來過西班牙三次。記憶猶新的是高迪的建築與熱烈的弗拉門戈舞，還有古老的猶如停留在中世紀的都市。

高迪獨出心裁的審美，無盡想像力的曲綫，別具一格的取材，成就了自己的風格，充滿了想像與童心。他所飛翔的高度，當時無人企及，在歷史上留下最特別的一筆，令一座城市一個國家世代都以他為傲。造就了這座城市的傳奇與靈魂。一百年過去，走在這裏，依然可以觸摸到高迪的靈魂，一顰一笑，俯仰之間。

日落時分走在馬德里扇形廣場，天是深邃的藍，晚霞是一抹嬌羞的紅，五彩的光依次穿過三個扇面，明暗交替美豔不可方物。廣場上人頭攢動，不遠處的歌劇院與雕塑都在夜幕星河下溫柔靜立。為了熱情的弗拉明戈要忍受時差的困擾到夜裏九點，三人舞一男二女，紅玫瑰白玫瑰，熱烈的奔放的，豐腴的瘦削的美人兒，紅與黑，黑與白的踢踏舞，高亢的渾厚的異域的歌。坐在靠近舞台的桌前，舞者非常賣力，汗珠飛濺、飛濺、飛濺……豆大的汗珠濺到我們的頭上、臉上、身上、酒杯裏……，那麼這杯酒我是喝呢？還是不喝呢？……

離馬德里不到一個小時車程，美麗的古城托雷多，以其典雅和精緻，叫人魂縈夢牽……

先在對岸的山頭，隔著護城河，遙望古城，簡直就是一群戶外古跡，一座活生生的博物館。開車繞過 DOOR OF BISAGRA（比薩格拉門）：是托雷多城的正門，牆上刻有西班牙文學大師賽凡提斯的題辭：「西班牙之榮耀，西班牙城市之光。」

這裏曾是西班牙歷史上最重要的、時間最久的的首都，也是最具西班牙風格的典型城市。走近古城，城內那密如蛛網的街巷，古老的城堡、教堂、塔樓，以及層層疊疊的老房子，揉合著基督教和猶太教的文化，處處散發著中世紀的韻味，無不在訴說著西班牙兩千多年的曲折歷史。這裏到處擠滿遊客，彷彿都在尋找和回味著舊時歲月。古城就像不老的傳說，始終保持著中古世紀的面貌，時空彷彿停滯不前，等待著人們前來尋夢。我一身紅衣適合與古堡，適合與這裏穆德哈爾風的古建築拍合影。

　　塞戈維亞的靜與美，動與豔如同天際變化的翻雲覆雨，轉瞬之間黑雲壓城，白浪翻滾。於是遊人如織的熱鬧後，街道又回復冷清安靜，只剩下悠閒的老人與狗。這裏有白雪公主的城堡原型。我喜歡城堡孤單地在曠野中佇立的感覺，遠處是藍天白雲雪山綠野。近處是古老斑駁的城牆古剎。

　　一路沿著雪山綠野，來到一座古老精緻的小城，因其二千年歷史的古羅馬高架渠，和香飄萬里的烤乳豬而聞名於世。這裏適合愛歷史、愛建築、愛徒步的你。我今天徒步八公里，當然，更適合愛好肉食的人們。這裏是家著名的脆皮烤乳豬老字號，裏面的椅子都是豬皮的真皮座椅，玻璃清亮折射外面的城牆如畫如鏡，已歷三代，老闆每天現場表演磨刀霍霍。

浣溪沙 · 希臘古國遊

情起如波浪入懷，碧濤極目向雲開。遙遙彼岸詩人回？　幾度暮光春又去，一般窈靄向東來。縈縈舊日且徘徊。

二〇一三年春

後記：帶著年少時的幻想，來到心中期待國度。智慧與美貌的女神們，雅典娜，赫拉……勇武的英雄們，阿加留斯，阿加梅農……神焉？人焉？翻雲覆雨的天神宙斯，波塞冬……感人至深的千古悲劇……東正教、天主教、基督教……歷史紀實還是神話傳說，原存於一念之間。每次考古的發現都震憾一次已知的事實！原來人年少時讀的書會影響你一生，甚至決定你遠行的方向。只為帶你去看看記憶裏的是焉非焉？如果不讀那麼多閒書，豈非沒有那麼多惆悵？來了，又走了，匆忙間都是遺憾！誰可以窺測宇宙人世的奧秘！也許是下雨惹起的傷感……二〇一四年在希臘雅典古城登高遙望愛琴海，從哈得梁拱門到古老的宙斯神廟遺跡。雅典娜神廟，巴特農神殿，酒神迪奧尼索斯劇場……高處不勝寒，大理石柱石依然挺立幾個世紀。風吹亂了長髮，吹皺探古的心海……又顛簸八小時到聖托里尼島，火山爆發後沉寂的島嶼與消失的文明，月牙灣，千萬年火山灰的沉積，紅沙灘，黑沙灘，藍頂白牆的小教堂，讓人神往，使人留戀忘返。讓人心醉神馳的寇里特島文明，麥悉尼巨石文明，雅典文明，斯巴達勇士，諸神文化，荷馬史詩……緣愛琴海走過這個對人類歷史文化宗教科學有過深遠影響的國度，撫觸精美的石雕厚重的石柱，俱往矣，誰主沉浮？

晚春——北歐四國行

亂紅零落惜芳辰，勞頓奔波道路遙。
玉箸銀盃新盛酒，高歌笑語舊存恩。
白雲赤日家千里，紫塞黃沙月半輪。
欲罷無由追暮色，明朝何處望家門。

二〇一五年夏

和晚春　　八八級政治學系龍飛

夏夜清風似晚春，月隱天涯照半城。
珍肴紅袖添新酒，惜花綠葉映伊人。
流雲隨心夢千里，壯志邀魂秋半輪。
欲將豪情辭暮色，滄海一劍嘯龍門。

後記：從極簡的芬蘭到有點巴羅克與俄羅斯影子的瑞典，從安徒生的童話城堡與美人魚到挪威的森林，兩岸群山巍峨，湖鏡水清，飛瀑溪流，置身其中尤其是薄霧微雨真如人間仙境，如夢如幻如詩如畫。特別印象深刻的是 Vigeland 和他一生的心血，從生命之橋的人生百態，錯綜複雜的關係，到象徵女性的生命之泉，生老病死愛恨別離，象徵男性的生命之根，猙獰掙扎著擠進天堂。最後是男女平等生命生生不息的生命之環。人生不管你生命經歷多少人，沒人真正了解你，沒人會真的陪你走的最後。生命的意義，源於認知你自己，感受你自己，體驗你自己的過程。努力愛自己，讓自己變得更積極向上的過程。

夏遊羅馬古城，與文武孫曉博等博雅藝趣諸君共作

執扇下西洲，扇舞望江頭。
江頭伊翠柳，雙眸盡春愁。
春愁歸何處？萬里江山渡。
山渡雲出岫，芳塵舊華柱。
華柱繞竹馬，青梅過華年。
華年終不復，偉烈化雲煙。
雲煙終有散，壯懷茌消難。

消難離別夢，輾轉心茫茫。
茫茫山水復，思親獨徨徨。
惶惶無所依，孤影向西洋。
西洋多熱情，翩翩念古城，
古城越千載，倩影點餘暉。
餘暉玉繩遙，幽緒隨海潮。
海潮歌起伏，明月祈吾願。
吾願君同路，朝夕共紈扇。

二〇一五年盛夏義大利

米蘭遊憶故人

聽
窗靜
秋風近
一隅撫琴
歎紅顏搖落
撚悲歡為筆墨
譜塵世流轉如歌
願流年暖柳綠江東
韶華深處有暗香浮動
山重水遠孤獨如煙花夢
醉意流連歎蒼天捉弄
感動剎那溫暖親朋
回顧一生苦等候
奈何佳人別奏

只留菱花瘦
如何記取
林詩音
你我
笑
看
廊下
相思害
獨酌淺吟
歎英雄無奈
留得一曲天籟
枕半窗舊日歡愛
願晨霧醒山河如昨
山重水遠孤獨煙花夢
醉一程醒一程為她心動
心花盛開眸中回顧
回顧裏一生守候
笑看江山錦繡
世間永留傳
那夜月色
柳長街
你我
聽

二〇一五年夏

春夏秋冬（四首）

眉黛染春風，風拂楊柳青。
青楊忽飛絮，絮飄晚雪晴。
晴心垂柳縷，縷縷相思語。
語在情難永，永訣關山重。

春歸草伶仃，伶仃不堪情。
情倦欄杆柳，柳拂彼岸聲。
聲色潑墨舞，舞伴霓裳曲。
曲盡相擁回，回眸難成憶。

章斷歎琴心，心珠滿雲天。
天遠鵲橋遙，遙秋黃花散。
散花歎香魂，魂牽難謀面。
面影漸入畫，畫別夢中見。

寒鴉西風瘦，瘦馬古道愁。
愁隱望天涯，涯斷逍遙遊。
遊夜月如鉤，月夜徘徊久。
久久情化雪，雪中玉聲舊。

後記：從二〇一二年到二〇一六年每年都去德國履職一次，穿過東德西德走過春夏秋冬。也許去柏林時雪太大，天太冷，慕尼黑的冬天還是可以接受的。

　　慕尼黑是一個大學城，一個藝術城，一個博物館城，一個有很多特色教堂的文化都城，一個古老的有八百多年的文明城市，一座列

寧、希特勒都喜歡的城市。聽說吸血鬼也喜歡這裏。你也可以說慕尼黑是一個 copy 的城市！國王路得維西一世喜歡雅典文化，國王廣場充滿了希臘文化的影子。國王也喜歡羅馬藝術，仿照佛羅倫斯建築，也修建凱旋門。他還給自己的情人修建了漂亮的小樓，他最後居然也為了美人退位了！德國人居然也有愛江山更愛美人的優秀傳統哈。看看薩爾斯堡大主教都敢冒天下之大不韙給情人修建宮殿、教堂與花園，據說這個教堂是情侶們最喜歡的結婚教堂，可惜主教和情人只能在夢裏、在夜幕下嘗試秘密婚禮，真是遺憾。

　　天鵝堡，天鵝是代表被咒語束縛的少年，這是個神秘而矛盾的城堡，外面壯觀，走進去壓抑悲哀，代表了國王的夢境，失敗與寄託。傷感的味道讓人想起中國的南唐後主，或宋徽宗。多才多藝的國王，他設計的新天鵝堡借鑒了基督教文化，中世紀聖杯傳奇，北歐勇士傳奇，又有拜占庭特點，臥室裏是哥特文化，地板的設計居然融合東方佛教植物動物生死輪迴的含義。對音樂和瓦格納聖杯王的狂熱就如他那悲劇短暫一生的寫照！走出天鵝堡已是近黃昏，落日的餘暉染紅了絲綢般的藍天的一角，扼腕歎息鬱鬱不得志的人生，統治的失敗，就寄託理想於建築宮殿，寄情於文藝，他離奇的死亡，留下的都是傳奇──

　　在火車上看從慕尼黑到福森沿途的風光，寧靜多彩的美，綠草如茵，黑土肥沃，雪山隱隱，城鎮謐靜太美了！山巒疊嶂幾與天齊，雪山與白雲無法分辨，倒影在寂靜的湖水中，森林茂密筆直如戰士。而另一面則是一片碧綠的原野，星羅棋佈點綴著疏疏落落的紅屋頂的小屋。同樣是冬季，天仍是藍的，雪後初晴，沒有一絲風，但是空氣中充滿了濕潤的清新的氣息，任誰都願意多走走看看。後來才知道這系列山脈已經納入特色保護！真是絕美的風景！還有誘人的傳說！據說小矮人、小精靈、美好的仙女與巨人都在這山裏出沒。

Good night Stuttgart! And good bye Stuttgart! 每次德國之行的必修課就是斯圖加特，這個小城的春夏秋冬我都走過，感覺已經很熟悉了。都是徒步丈量，基本上不打車，叫車也難，每次走迷路了，就抬頭尋找高高的賓士標來辨別方向。今天終於完成了所有的學習與工作。又要離開了，還有些戀戀不捨，幾年間來了歐洲很多次，這是最放鬆自在的一次。也許是終於在挫折中長大了，也許是終於在困難中堅強了，開始少要求別人，同時也更關注自我。無論我在與不在身邊，都無法抗拒父母老去被病痛折磨的必然，也無力改變孩子成長必經的失誤與傷痛。人生無奈，連貴為國王都是遺憾，何況平凡普通的芸芸眾生，那麼就讓自己更開心些吧！笑語也好，哭泣也罷，都無法扭轉世間生命的洪流捲著腳步趔趄的我們一天天老去，不管我們多麼不情願！如何能夠要求那些美好的東西總是為我們停留呢？那麼就學著活在當下吧！ enjoy! 下午去了著名的 outlet 購物，買個大行李箱邊購物邊放進行李箱，看別人大包小包辛苦地背著，感覺好極了。回來後發現又沒來得及吃午飯，乾脆吃兩份吧，補回來？和天天喝啤酒吃香腸的德國人在一起，我怎麼都算是苗條纖細的吧。

荷蘭行

大風過小樓，明月映雪柔。
勿言冬夜永，一夢到歐洲。

二〇一五年冬

後記：夜幕降臨，坐車穿過鬱金香形的燈花閃爍的城市，從安靜到喧囂原來需要一道夜幕遮擋。常看到五六個男生一夥穿梭在小巷中，小巷子立刻擁擠了。冬日的地面一整天都是濕滑的。街邊露天的咖啡吧

坐滿了各色人等，看著廣場的各色表演。啤酒博物館居然排長隊！被時差襲擊的困意席捲，不小心在紅燈區迷路了，古怪的大麻與香水混合的味道，行人迷茫的表情，坐在小窗裏搔首弄姿的她們，在老水手酒邊喝酒邊圍觀小窗的他們。只能遠看近看，就是不能舉起手機拍照。老教堂鐘聲響起來此起彼伏，也許可以穿透這迷茫，指引歸途。

Have I told you lately that I love you？

你的聲音
如同一千零一夜的駝鈴，
隱隱傳來的輕輕的叮咚伴
隨阿訇的哀歌醒碎伊斯坦堡的清晨。
我忘記了置身何方，
四顧黃沙漫漫是我跋涉千里找尋你的迷茫
山魯佐德娓娓道來的智慧與勇敢，平息我的彷徨，
被生殺予奪的殘暴深鎖著柔情善念的山魯亞爾
從霧中一步步走來，迷霧難掩眼中重生的悲憫，
是你嗎？ My king

你的照片
彷彿寒香寂寞凍冰肌骨的水仙
凡心洗淨留香影的 Narcissus，
我忘記了苦戀，
我厭倦了 echo，
不陪你癡戀水中絕世的姿容
讓我挑開你巴黎世家的面紗，

鑲金嵌玉的浮華，
俯首你赤裸的胸膛，
找尋你內心不羈的純真和堅實。
……

Have I told you that you are my hero?

你的樣子，
浸透荷馬史詩的悲宏
夏日午後奧林匹斯山的翠谷清溪間穿梭
阿喀琉斯，健美勇猛無敵忘我的戰神，
你的腳踵我的心痛。
善良與殘暴，任性與寬容，
孿生兄弟一樣的糾纏矛盾。
是你嗎？ my hero

……

Have I told with all my heart
and soul how I adore you?
Can I tell you one more time somehow?

遊俠風塵的浪子，為何我看見你
在燈下徘徊，悲傷吶喊
是你嗎？ my boy
六月暴雨中，
眼中的淚光如風中的燭光飄搖倏忽而逝，

無助的眼神是倔強永不服輸的靈魂
是你嗎？ My Asura，邪魅致命的誘惑

我願你離去的背影，
有王維的禪意，
榮華富貴是空靈過後的寒冷
功成名就是空空蕩蕩無法捕捉的憂傷。
慈悲對世人，為何獨傷我？
那東洋女子癡情的哀告，
換不回世間雙全法。
一切還來得及在沒有開始之前落幕。
我愛你，愛讓我放下，給你自由
My man

六月修羅　　八五法律佚名

一生勉強
一生青春
所有的時光
都是疑問

青春一生
勉強一生
過往的天地
不辨偽真

如果
如果真有如果
最善良的心血
灌溉修羅。

浪淘沙‧多瑙河之波

盛夏再西遊，雲化風柔，歌堂金色樂聲稠。倩影白裙經多瑙，燈
火輕舟。　輪轉幾宮樓，舊日王侯，春戈秋劍一時休。昔年佳人
今何在？暮色悠悠。

二〇一六年盛夏

布拉格之戀—— 東歐橋之旅

走進布拉格老城廣場的夜幕，
走過通向神秘城堡的查理大橋，
我聽見少男少女天籟般唱詩的歌聲清朗，
我聽見街頭樂師婉轉的琴聲如訴，
我聽見天文鐘按時響起清越，
驅散眾人的迷茫。
我看見古老的教堂炭燒般的顏色，
是繁華沉浮後的莊重。
我看見高大的神像越過五彩的屋頂俯視眾生芸芸，
是暗夜無法遮擋的悲憫眼光

我看見街頭畫者三三兩兩繪畫剪影，
想定格著美妙的瞬間，

我看見神話般的塑像一座座栩栩如生於橋頭佇立，

頭上的光環發出引人祈禱的金色光芒，

我看見華燈初上後城堡與彎月

倒映在湖面波光粼粼，

彷彿童話世界，

我看見一對對情人細語情愫，忘情地擁吻纏綿，

才知道這裏是適合情侶相攜的地方。

我看見自己潔白的衣衫沾滿歲月輪迴的塵土，

季節橙黃柳綠的更迭，

滋長了眼梢的細紋，

錦瑟與華年都在青石板路上刻下印記。

我看見自己嫣紅的繡衣，

獨立古橋憑欄遠眺，

彷徨西樓譜寫離歌；

依著風中搖曳的爐火，

我看著別人的故事，

做著自己的夢，

我看見誰終將與我同行故地重遊，共一世安暖月光。

此岸就是彼岸

二〇一六年盛夏

布拉格之戀──
參加北京大學校友原創歌曲大賽提名作品
詞：張楨　　曲：八六級心理系張今師兄

廣場的夜幕，通向神秘的殿堂

天籟般的歌聲，在街頭蕩漾，
湖面的波光，影著城堡的憂傷
五彩的鐘聲，驅散靈魂的迷茫

誰在河邊，尋找著過往
誰把纏綿，留在了遠方
古橋上的紅衣，是涅槃的輪迴
逝去的故事，編織成希望

畫筆的色調，定格瞬間的美妙，
情人的紅唇，忘情的燃燒
潔白的衣裳，映出童話般的月光
搖曳的爐火，閃爍彼岸的夢想

誰在河邊，尋找著過往
誰把纏綿，留在了遠方
古橋上的紅衣，是涅槃的輪迴
逝去的故事，編織成希望

神話般的塑像，發出金色的光芒
戀人的呢喃，是隔世的迴響
暗夜無法遮擋，悲憫的目光
故鄉的陰霾，化作他鄉的惆悵

啊……
誰在河邊，尋找著夢想

誰把往事，留在了遠方
布拉格的春天，曾經的神往
明天的故事，編織成希望

白色戀人

白色戀人
天空湛藍若水
遠山黛色霜青
冬日的陽光刺眼熱烈
我，
卻感受不到絲毫溫暖
白色的戀人從空中飄落
絲絲縷縷的纏綿
溫柔地撫摸我已經凍得緋紅的臉頰
落滿衣衫凋零了我的髮梢
走在函館雪地聽一曲思歸
突然想起了你
你的名字不曾出現已有多年
琴聲瑟瑟，孤影和鳴
我若此刻回頭，你還會不會驀然出現在身後
微微一笑將冰雪融化
雙眸裏的情意可將歲月倒流
此去經年，此生難尋
我在函館山眺望你的蹤影……

天空湛藍若水

遠山黛色霜青

冰封的河面中間是潺潺的流水清澈

鴛鴦依然遊弋水中自由自在

白色的戀人從空中飄落

絲絲縷縷的纏綿

落在廢棄的石造倉庫

倒映在古老深邃的運河

無聲地流淌訴說著百年的繁華與落寞

走在小樽的運河邊

聽一曲思歸

突然想起了很久很久以前的盛夏

你說過

如果有一天走散在人群中

你會為我點一盞燈

無論我走得有多遠有多久

總能在這裏找到

一束風吹不散的目光

是你月光下的凝眸

鄉音戚戚

入我夢兮

透明純潔

和淡化在空氣裏的哀傷

是恬淡的初戀

青澀的時光

歸途渺渺

亂我魂兮

站在小樽橋上風中傳來你呼喚我的聲音……

天空湛藍若水

遠山黛色霜青

淺草寺的煙火撫慰我們萬水千山走遍

卻南轅北轍的惆悵

白色的戀人從空中飄落

絲絲縷縷的纏綿

落在繁華的東京街頭

明治宮前的銀杏無語低頭

它們回答不了你我的音信

迪士尼的旋轉木馬啊轉也轉不回年少癡狂

一曲思歸已經聽了無數次

我轉身離去

你在何處守望

離去的帶不走一世愛戀

留下的等不回隔世相思

只有愛與哀愁在風中隱隱搖曳

斷燭弋弋

白露未晞

為愛所傷的人啊

鏡中細數被流年的風吹白了歲月的髮

讓萬縷髮絲逆風飛揚訴說千般思念

炊煙嫋嫋

田寂園嬉

意亂情迷中愛戀的目光穿越銀座的燈火璀璨彼此追隨

二〇一七年春

比利時緬懷故人之旅

愁聞傳博雅，臨窗歎未名。
感悼心猶碎，殘夜孤影對。
獨留小天地，漸遠舊時光。
君去眾悲愴，我去有誰傷？

二〇一七年秋

後記：我們小時候對於布魯塞爾的了解，就是從撒尿小童小于連開始的，當年這個機智的小孩可是拯救了整座城池。今天是節日他穿了皇帝的新裝。到處都是裸體的巧克力的他，華夫的他。自建成以來，從世界各地來看望這個小孩的遊客絡繹不絕，每當節慶或外賓來訪時，他就會換上不同的服裝。

其實《丁丁歷險記》、《藍精靈》這些漫畫，也都來自於這個可愛的國度，漫畫博物館值得一去。在這個童話般的城堡裏，順著石頭鋪成的高低不平的石板小路，回味著一個個小故事，累了就喝一杯啤酒或熱巧克力歇歇吧。各種咖啡館、巧克力店和餐廳遍佈大廣場四周。始建於十二世紀的大廣場被維克多·雨果讚美是「世界上最美麗的廣場」，其實一點都不大。這個餐廳的海虹大餐很有名，青口我吃不慣，就吃了許多粗薯條，比利時人對薯條被叫做 Franch fry 非常憤怒，只能辦個薯條博物館抗議，證明是他們原產，這和法國有甚麼關係呢。

在布魯塞爾南郊，有著名的滑鐵盧戰場遺跡，那裏也有一座獅子山，在一座高約五十米的圓丘上，屹立著一頭鐵鑄雄獅，是用當年遺

留在戰場上的槍炮鑄成的。獅子山腳下，有一個滑鐵盧古戰役展覽廳，那裏陳列著法國著名畫家杜默蘭於的環形壁畫，描繪了這場震撼世界的戰爭，英雄末路總是讓人不勝唏噓，就像我們對西楚霸王的遺憾。

　　安特衛普以其獨特的露天雕塑聞名於世。街頭巷尾，露天雕塑公園隨處可見雕刻精美的人物雕塑，這裏被稱為魯本斯之城，有享譽世界的繪畫藝術。這裏還是歐洲鑽石之城，全城有上千家鑽石店鋪公司，你經常會遇到喜形於色的女遊客，走幾步就把手伸出來端詳一番，不用說她肯定剛買了一枚鑽石戒指。也有愁眉不展埋頭狂按計算器的，她肯定是買鑽石資金不足。難怪一家珠寶店門口的招牌上說：「安特衛普只有兩種女人——買到鑽石的，還沒買到鑽石的。」當然，也有我這樣冷得都不想伸出手的女人。

　　雖然行程很緊，但還是專程來根特大學城，看看我大學時期的好朋友生活居住安息的地方。我來到你的城市，走過你來時的路，你坐過的船，你走過的橋，你上學的地方。這麼多年過去了，終於可以來看看你，原來你安息在這麼美麗的童話般的城市。想想我們在燕園相識，是天真爛漫的小姑娘，那場突發事故，我等不到你來紐約參加我的婚禮，如今我帶著十六歲的女兒來看你，這些年來回歐洲多少次，一直沒有機會來比利時，終於心願了了，最最親愛的朋友，願你安息。

秋風辭·葡萄牙之旅

秋林醉，山峰翠，秋月撫高樓，秋露濕簾櫳。秋事入心淚雙眸，秋香飄遠梵音柔。　微風愁影重，曉寒怎從容。填一闕清詞，共幾回昨夜星辰。憶一段天涯舊夢，願與君桃灼夭誓盟。

二〇一八年秋

後記：葡萄牙人說「沒有看過里斯本的人等於沒有見過美景。」幾個世紀前的大航海家們都由這美麗的城市港口揚帆起航。里斯本終年草木長青，鮮花盛開，整個城市依山傍水，分佈在七個小山丘上，遠遠望去，色調深淺不一的紅瓦頂房屋和濃淡不同的綠色樹叢交相輝映，景色十分優美。

　　這個精緻典雅的城市，大街小巷都是風情，江河都散發魅力。早晨醒來太早，里斯本的凌晨四點，看看窗外很安靜，路燈也溫柔。酒店與著名的自由大道就隔著侯爵的雕像與一座公園，等天剛濛濛亮出去漫步在里斯本街頭，秋天都感覺到溫潤的氣息。走路十分鐘到自由大路排隊吃蛋撻，等待可愛的 28 路電車，叮叮咚咚的電車鈴聲中，小黃車從轉角的街口與起起伏伏的山坡上搖搖晃晃地從古老的輝煌年代一下子穿越到現在。這是是歐洲最古老的電車。

踏沙行・再遊新加坡

湖靜如磨，天清如洗，都市春來最旖旎。白雲紅頂草色新，一身花影斜陽裏。　　今古同愁，闌杆獨倚，人生瀟灑能得幾？東風還請莫頻吹，吹來惆悵心頭起。

二〇一八年夏

誰主沉浮・冬季到台北來看雨

未名軒窗，燕園風物，當年萬里胸襟。吞風吻雨，邀月眠雲，能向銀漢摘星。紛亂紅塵，都英雄一夢，且卷單行。撫劍指河山，問人間，成敗誰憑？歡錯失良緣，琵琶空抱，已然誤了青春。揮別語不盡，染相思，最苦黎明。露寒霜凝，花容醉，難消舊情。守孤燈，黃河望斷，辜負井底金瓶。　　秀眉微蹙，淚眼雲煙，空

負了七弦琴。輕吟淺唱，蝶舞翩躚，香染處月伶仃。飄零驚遇，感君憐我意，幾許柔情。大漠萬里尋，雁門關，紅袖漸隱。任曉寒霜重，情深似火，溫暖祁連冰雪，天涯伴我行。書墨間，前世夢縈，秦劍宋牆，回眸處，千年夢醒。石舫畔，夜望紅妝，誰掌緣起緣盡？

二〇一九年

後記：上一次帶女兒來台灣玩是二〇一三年，從基隆到高雄、台北、台中、台南、台東都走過，日月潭、阿里山、墾丁，各有美景，美食也不勝枚舉。我最喜歡山竹配榴槤吃，就像喜歡吃臭豆腐一樣，不好意思說出口。最遺憾的是沒有帶父母來此一遊，因為當時去台灣沒有開放給內蒙古身份證的遊客。

　　二〇一九年陪女兒來台北三次參加 SAT，SAT2 考試。那時候還抱怨考試與飛行成了生活的一部分，只能接受經常飛行成為習慣。現在因為疫情，又抱怨哪裏都不能去，何時是個盡頭。總之都是不滿意。怪不得有人說人生就是一團欲望，得不到就痛苦，得到就無聊，產生新的痛苦。

　　每次來台北都喜歡住在有中國龍宮之稱的，台北圓山大飯店麒麟閣，討個好彩頭，希望女兒可以馬到功成。麒麟可是中國的瑞獸，想到 ＪＫ 羅琳的《哈利波特》居然也滲入了中國傳統文化的概念，真是讓人自傲。

　　圓山大飯店地理位置得天獨厚，依傍基隆河，地處劍潭山頭，高聳於圓山之腰，寂靜清幽，鄰近閒情雅致的風景線。

　　這座中國宮殿式大廈，仿北京故宮的古典氣派造型。

　　圓山飯店的美，在中國式的雄偉建築富麗堂皇的古典氣氛；圓山大飯店也稱為「龍宮」，與龍有無盡淵源。整個飯店通體上下，從門

窗、樑柱到壁畫、天花板，隨處可見活靈活現的飛龍。除採用龍形之外，也有石獅、梅花等中國建築常用的圖案，七彩畫梁、飛簷斗拱、丹珠圓柱與琉璃金瓦，遍懸各廳的畫飾與浮雕，均系出名門。

圓山飯店的起名藝術也是經典不遑多讓，一品軒、雙喜、三多、五福、六合、七賢、八方、九如、十全軒；松山、松高、松多、松鶴、松吟軒。

圓山飯店的神秘，在於傳奇的歷史色彩和密道傳說；圓山大飯店不僅是台灣的大地標、過去貴族接待宴客的高級場合，更是這座島嶼的影子，記憶著數不盡的歷史傳說。據說有秘道通向附近的劍潭和北安公園，給這裏平添幾分神秘與想像。

女兒要提前兩天來熟悉環境備考，我就自己出來閒逛消磨時間，先來看看台北市區的格局，台北的南北主幹道為中山南北路，東西為忠孝東西路，就這樣，台北被分成了四大區域。台北的路名基本上有四類，一是以人名命名的，比如中山路、中正路、林森路等等；第二類是以儒家精神命名的，比如忠孝路、信義路、博愛路、仁愛路等。第三類是具有政治味道的命名，比如愛國路、和平路；第四類則是用地名命名的，比如西藏路、重慶路、南昌路等等。這樣大致有個概念不至於迷路。

羅大佑的歌曲唱火了幾條街道呢？香港的皇后大道，台北的忠孝東路，忠孝東路代表了台北的多元性。

總長約十公里的忠孝東路，貫穿了台北市最核心的四個行政區，掌控了台北東西向交通大動脈與緊鄰台北車站，帶動好幾個商圈的發展。豪華商店鱗次櫛比，一些小眾文藝小館，鬧中取靜，吸引了許多藝文界人士青睞。

每次女兒考試當天，我送她去考場後就早早到台北故宮報到，在台北故宮用膳（下午茶）後，回考場接她。兩人再去誠品書店買東西

看書，傍晚去 101 大樓燭光晚餐，餐後沿著信義路散步，走進台灣眷村南村，就像闖入了另外一個時光走廊，竹籬笆、木材與石灰瓦形成眷村的共同特色與飲食文化。

　　除了扶老攜幼全家行，我也喜歡獨自去旅行，喜歡一場說走就走的天涯孤旅，旅途中可以暫時放下煩惱，把萬般纏繞的情緒放逐天際，這些年我看見自己的背影走過飄著丁香的江南雨巷，白雪飛舞的戈壁高原，塵沙漫捲的黃河河畔，月色迷離的長街，每一次都希望假期與旅途不要結束，不需要面對依然要面對的問題，把迷茫釀成甘甜與濃烈，用淺淡的情懷勾勒成水墨書卷，獨醉其中。

　　不記得是哪卷書信說過，行一程風雨，遠一程距離，置身千山萬水，尋找著答案。走遍天涯海角，依然閃爍著一個人的火花，任風吹浪打，雲遮霧掩，依然清晰。有誰在牽掛？有誰在等待？在心上，卻不在身邊！遠天遠地的情意，去得了心間，卻觸不到指間。

　　是否幸福只是一種情緒，就在不遠不近的距離，只要走，無論得緩急，總會在某一個路口，不期而遇，於是繼續走下去。

五，萍蹤俠影——
江湖傲笑何懼寒

萍蹤俠影

序引

水上飄掌裘仞千，芷若若止倚天劍，
天地玄黃玲瓏塔，絕情谷底有合歡，

廣陵散散無人傳，一指禪禪癡怨談，
煙雨樓武應無恙，江湖傲笑何懼寒。

後記：少年時沒有讀過瓊瑤小說，羨慕三毛的浪跡天涯，金庸、梁羽生、古龍的武俠夢爛熟於胸，幻想著行俠仗義遊。長劍勝雪紫衣如花，令天下英雄盡折腰的夢，也讀過張愛玲、席慕容、張小嫻，最愛的倪匡的天馬行空，現在家裏書架上都是各國偵破懸疑的小說。依然喜歡到處走走停停，探究歷史古跡背後的動人傳說。

浪淘沙‧西安

引馬立潼關，四顧風煙，函谷遭逢又一番。漢瓦秦磚周王鼎，千載殘垣。　行宮秋夜寒，往事何堪，至今長恨印驪山。依舊當年關塞月，曾照楊環。

二〇一二年

臨江仙‧成都

工部茅廬留蜀地，琅軒被覆青城。臨風執羽武侯君，浩渺都江堰，朦朧錦里燈。　枝底紅牆藏倩影，千年一夢風雲。笑傾天下亦三分，醉霞芙蓉面，花隱玉佳人。

二〇一六年五月

真的是最後一次牽手嗎？

我聽見
長門怨秋風辭琴的哀婉
鳳凰台上鳳不回簫的哽咽
四面楚歌漢家天塌的悲涼
擁我入懷中
是你魂牽夢縈的丹唇！
灞橋綠柳舞紅妝
胡琴咿咿呀呀
是你別後的思念
欲語還休

真的是不得不分手嗎？

你看見
朱紅西華門
明黃永和宮
藍色祈年殿
古老紫禁城
歌劇院燈火闌珊處
伏在你背上
穿過金水橋
走過四季長安
為何我的眼中只有你蕭蕭白髮

真的一切都是最好的安排嗎？

初春的風吹皺了湖水
說莫愁
輕舞飛揚的
黃絹
藍絲
紅綾
綠羅
見證六朝的繁華
如煙花般美麗卻短暫
如同我們的愛情
經不起推敲！
空中傳來是裂帛的聲音

如同我們的心痛隱隱約約
古老的戲台依然傳唱生死相許的崑曲，
有山重水復就有柳暗花明

宜春之春

雲生霧嶺霽參差，梅朵如裳柳若絲。
碧沼一渠承舊雁，桑條滿岸暖春池。
三山月煙俘蘭影，半枕書香入錦帷。
行看山莊雨散去，花間春到最寒枝。

二〇一七年五月

玉樓春·河南遊古都

古都春綠楊柳岸，炎黃故里軒轅殿，百萬莊園階前月，客旅漫漫
人不倦。　簾外幾番風雨亂，皇陵紅牆石像散。成敗興亡紅塵
苦，胡琴琵琶聲聲歎。

二〇一七年六月

定風波·浙江紹興

小樓蟬鳴夏夜涼，山圍空谷意茫茫。閒月朦朧才照我，獨坐，畫
欄憑看舊宮牆。　幽徑人歸聞犬吠，吟睡，白磚黑瓦度流光。遐
覽未覺鑒湖小，花醉，一簾好雨潤南窗。

二〇一七年六月

注釋：這首描寫的是人傑地靈的紹興，在江南細雨中，看著蘭亭、看著沈園，看著月下的鑒湖，想到了才華橫溢的王羲之，命運多舛的唐婉和為國捐軀的秋瑾，從被雨淋濕的花朵想到歷史的成敗悲歡，從舊式的磚牆想到人生的滄桑。由景及人，由物及史，最後歸於自然界的雨與人工建築之間的交融，體現作者心緒的平靜。

鷓鴣天·武當山

金頂閒夜聽雨絲，晨光初照小樓低。新英含露凌霄殿，殘藕臨風戀碧池。　意繾綣，草參差，群山不解半生癡。人間君是真秋色，獨我林中一落枝。

二〇一七年七月

注釋：上闋用二十八個字描寫了武當山的氣候、景色和填詞的具體時間。把大家帶入了一個道家仙境。下闋則筆鋒轉入對人的心理的描寫，寫出對愛人的欣賞與懷念。展示作者窮其半生都在苦戀獨守。在作者看來，滿眼的秋色，恰是愛人容顏與氣質，世間再無更可愛者；而作者自己則只是孤獨的無樹可依的落枝。從創作手法上，作者先描寫了一番美麗的自然景色，最終把視點集中到一根枯枝上，做到由遠及近，層次分明。

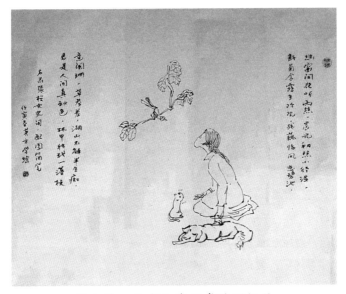

吳志攀：北京大學原常務副校長

鷓鴣天‧和楨詩　　八三級法律系張師兄

雨燕還飛宿玉枝，林篩月影入閒池。寒風猶抱林中葉，暖鴨已描水上詩。　方進槳，又舟馳，斑斕浪卷賀春時。有心載月同船慶，玉兔婆娑已醉癡。

敦煌莫高窟

漢使仗劍出西涼，大漠萬里且由韁。
天山冰川祁連雪，千年一夢到敦煌。
驚遇倩影月牙泉，疑是飛天出畫牆。
琵琶反彈吟心韻，紅袖漫漫舞霓裳。
期期遙問卿來處，卻道此生出太行。
太行巍巍夜杳杳，雁門紫霧漫瀼瀼。
漠北胡騎玉門沉，百轉千回心愴愴。
玉笛婉轉人徘徊，素手隨君出雲陽。
奈何天涯各有志，濤聲風雨化石舫。
未名紅顏似相識，博雅塔下伴書香。
二十年來路漫漫，前生後世總茫茫。
碧海青天何所寄，歸雁攜來夢中鄉。
夢醒相思無覓處，拈花微笑著紅裝。

斜陽枯柳自蕭涼，獨步三邊問行藏。
滿眼亂枝塵漠漠，當年繁華勢昂強。
月照寒窯埋秦劍，風拂碎葉歎宋牆。
問月誰掌生與滅？清輝無語濕我裳。
陌上北望山如浪，雲中南飛雁成行。
少年期許白頭願，而今化作半世傷。
寂寞偏空夜明枕，伶仃無奈曉霞妝。
離人久別胡不歸，未名夢縈心彷徨。
俗世消磨凌雲志，意氣何托撐詩腸。
聊共朔地為東道，始知燕園有餘芳。

紅袖漸遠沙漫漫，蘭因深藏水霧霧。
造化弄人多恨事，滄海觀盡是故鄉。
安得青鳥傳花信，再借韶光理額妝。

二〇一七年八月

注釋：為了應景將龍同學與劉同學的佳作大膽修改到失了平仄韻律。下午去玉門關體會一下有沒有二月春風似剪刀的感覺，因為雲卷雲舒，日光下的戈壁灘變化莫測，銀色的、沙色的、黃色的。陽關三疊與復建的漢營，駝隊與馬隊，沙丘與帳篷，彷彿穿越的感覺。晚上去鳴沙山月牙泉看日落，大約九點日落，懶惰沒有看日出。敦煌莫高窟，我看了331窟飛天，裏面的樂器種類繁多。237窟的反彈琵琶造型，與飛天飛舞的壁畫動人，莫高窟332窟的過去未來三世佛，古老的陌生的熟悉的隔世的鄉愁，259窟禪定的微笑，因著光線不同從禪定到拈花悟道的微笑⋯⋯

一剪梅・吳越

落日西風共晚秋，歸雁啾啾，晨夢幽幽。青春悄逝日問曾留？眼底歡顏，心底離愁。　已遠襟懷志已亦休，閒了秦甲，拋了吳鉤。相思紅豆鎖重樓，月影微波，人影輕舟。

二〇一七年秋杭州

一剪梅

西風薄日共晚秋

歸雁啾：

晨矢幽：

青春悄逝有誰偷

眼底歡顏

心底離愁

牡懷已逐古己休

掬了吳鉤

拋了越甲

相思紅玉鎖重樓

月影激波

人影輕舟

全宜何春為

張禎英詞雙俠影詞

賦色

李玉淮

于香庵

李志清：香港著名漫畫家、金庸小說插畫師

金耀基：教育家、香港中文大學前校長

注釋：作者的江南情結是比較明顯的。在古代，多數宋詞也是在江南、嶺南一帶創作的。這首詞的特點就在於從景寫到情，再從情回寫到景。首先把讀者帶到一個夕陽遠去的場景，可是又點出「晨夢幽幽」，讓人聯想到雖然一天已經過去，但作者早晨一定是晚起了，而且夢裏的愁緒即使在醒來後還一直延續到傍晚。甚麼樣的愁緒呢，就是青春已逝，壯志未酬的無奈。雖然有歡笑，但不是自己想要的。最後只留下湖上的一葉扁舟，隨波逐流。看似最終又回到開頭的景色裏，但不是簡單的循環，因為此時夕陽已經完全隱去，夜幕已經降臨。人的心情在第二、三段的描寫之後，到達了更深的境界。

漁家傲・山西五台山平遙古城

微語輕舟依柳畔，古城雲影月猶半，相守天涯人不倦。低眉看，秋波攬得凡心亂。　　幾多紅塵分飛燕，滄桑半世情難散，境界清涼尋也遍。聲聲喚，孤飛老翅終身歎。

二〇一七年秋

注釋：雖然填詞的地點是在古城，描寫的內容卻是作者的情感。古城的月色讓作者回憶起當年在同樣的月色下，與愛人相約相守，未諳世事的少女心情既羞澀又激蕩；而今兩地分別，再無緣分，但內心曾經的思戀未消失，仍然敲擊著心房。縱然在佛家的清涼境地，心情依然無法平靜，仍在尋找當年的感覺。持久的愛情躍然於紙面。

東北望

清輝大漠臨玉頂，驛路流雲悵闊遼。
夢裏家山托旅寄，樓頭燈火訴蓬飄。

歸途落月西風勁，隻影疏鐘北斗遙。
滄海疑知人世事，年年此夜弄新潮。

二〇一七年十月

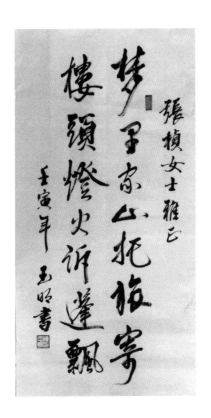

臨江仙·青海

大漠蒼穹觀落照，赤霞披覆玄冰。逆風單騎向西行，慕峰千里雪，蔥嶺滿天橙。　湖似羅裙山似劍，幾多俠骨柔情。邊關金甲繞雄鷹，玉門霜草冷，番塞戰旗明。

二〇一八年

金思宇，北京大學校友

後記：如果不曾登舟遠遊，我不知道自己會暈船如此嚴重。如果沒有去過青海，我不知道自己的高原反應在三千八百米高處就必須吸氧。還想去西藏，令人嚮往的神秘的土地，就是很大的挑戰。在青海除了高反帶來的緊箍咒般的頭痛，高天鏡湖雪山金花等等都是很好的。環湖行一路非常空曠，車少人稀，雲淡風輕，與我們內蒙高原、甘肅戈壁的荒涼蒼勁之美不同。女兒說甘肅的戈壁似乎有外星人的影子，而圍著青海湖的青山披覆綠草，眼目舒緩，大片金黃的油菜花延伸到如天空之鏡的青海湖，間或有成片的格桑花。走走停停，夜宿黑馬河早起看日出，然後茶卡鹽湖，繼續前行到德令哈，回程環湖東北走橡皮山，到金銀灘草原體會王洛賓的詩情畫意。每天都有好姑娘在山頭駐足，在鞦韆上蕩漾，她們都是草原上朵朵會走路的格桑花。茶卡的鹽

不要打濕我隱形的翅膀，我揮一揮衣袖飛過那遙遠的地方，我要飛過棲居在山林間的夾縫之中的塔爾寺，細看寺院壁畫上那抹艷綠，還有一層層棉花於羊毛墊起來的立體的堆繡。遠看那信徒拋起手中的隆達，祈福的字句隨風飄散，就像這山頭林間同樣輕風搖曳的經幡與風馬旗，這便是此地信仰的日常。

醉花陰·上海

江水無聲層疊去，黃浦灘頭碧。樓拂柳低眉，兩地閒窗，月照人如玉。　青蔥散盡如飄絮，何處能安寄？睡醒舊時光，揉碎芳心，歡夢無從憶。

二〇一八年

注釋：上海本是一個繁華熱鬧的大城市，作者卻偏偏在第一句寫出「江水無聲」。因為江水是否有聲，取決於作者內心是否安靜。周邊的環境可能很喧囂，很嘈雜，作者卻感覺到「兩地閒窗」，除了思念遙遠的愛人之外，感覺不到其他的世俗聲音。到了下闋，作者離開景色，把視線轉移到床榻上的睡美人，又把讀者的想像集中到一點上，描寫出一個除了思戀之外，對其他事都無心關注的女性形象。而作者不滿足於此，還同時寫出思念終是夢一場的惆悵心理。應該說，這一首〈醉花陰〉的女主人公，與李清照的那首〈醉花陰〉的女主人公在心理上有著同樣的慵懶和落寞。

初夏·和張楨上海聚會　　八八級地球系趙坤

微雨新荷翠，煙柳蝶雙飛。
草木知四時，無意怨春歸。

一剪梅 · 徽州

古城村籬水岸家，新雨桑麻，途陌春茶。銀光火樹映天涯，樓前流沙，窗外桃花。　那夜菩提醉夢華，彈盡琵琶，傾動霓裳。未了塵緣怎奈他，飛去寒鴉，吹斷胡笳。

二〇一九年

張楨和劉師姐

雪萼千枝畫粉牆，幽懷風拂笑紅妝。
扁舟載去江南綠，染盡羅衣帶暗香。

原作：七絕 · 徽州春韻秋笛　　八一級法律系劉師姐

玉蘭怒放馬頭牆，天漏花窗巧弄妝。
徽菜遍嘗餐秀色，水回山郭送春香。

張力，北京大學校友

點絳唇・蘇州

雪岸池塘，柳絲幾點東風度。一樓春色，煙雨寒山路。桃杏當戶
牖，卻悵韶光誤。無言訴，怕聞花事，只為離情故。

二〇一九年

後記：姑蘇城外，楓橋夜泊，寒山拾得，幾次去蘇州都意猶未盡，尤
其是詩詞千百年讓古寺不朽！仔細想想看名家書法，最喜歡文徵明的
字。拙政園也是文徵明的文化底蘊，回程準備去瞻仰帝師翁氏百年家
訓的傳承，在故居小憩，尚湖徜徉太公垂釣，憑弔錢柳唯美的愛情故
事，走進虞山恬淡景致和古城小巷園林。

　　蘇州園林多，水系繞池塘，回廊起伏樹木山石堆砌精緻，中間是
一派虛無，緩解讓人目不暇接的審美疲勞。

　　庭園裏有許多橋，多的繁複，說是讓人感覺有如山水畫的可遊可
居，又如禪意的曲徑通幽，把有限的空間無限地拉長。

　　初春的天，竹外一枝軒，雨絲如霧簾，黃昏時從網師園的萬卷堂
邁入，轉身走過拙政園完美的水系，來到蘇舜欽的滄浪亭的回廊，漫
長而起伏的長廊，不知道下一步腳下的路是甚麼？

　　迷失在留園的池塘，瓦屋紙窗下在留園的冠雲樓品碧螺春茶，賞
曼生十八式壺，聽旗袍美人琵琶別抱彈唱娓娓動聽，旗袍上的花草不
知道是不是露香園韓希孟的顧繡，看窗外蔡京的花石綱，冠雲瑞雲岫
雲，喜歡這些垠岳遺石的婀娜多姿又質地堅硬，如同喜歡男扮女裝的
名伶，很奇怪的感覺。

　　無論是留園的漏窗，還是網師園裏雕花的窗，微弱的光透過紙糊
的窗櫺，彷彿美人鎖眉抽泣的淒美，而美人秀髮上是陸子岡用他非凡
的昆吾刀刻的如意玉簪。

　　每一格的陰影好像渾墨的煙染，滲透生宣的纖維紋絲不動。

　　倪瓚的獅子林已經不復存在，環秀山莊的假山別有洞天，美人靠還在靜靜的等待，所有的傷春悲秋只能在富足的庭園裏發生，猶如杜麗娘的春夢。

（此段文字為摘錄改編）

再遊杭州

鬢邊是紫色的花
著素紗
走過江南水鄉的阡陌路
白堤的綠柳在春霧中搖曳，人面桃花何處尋
小船兒爭渡在接天蓮葉中，彷彿就是昨日
雷峰夕照倒影著平湖秋月，你在何地
斷橋依舊在，我看不見殘雪，
只有南屏晚鐘在夜色中回應我的心事
穿過春夏秋冬，
等待煙雨
等待輪迴轉世的你
磚瓦已經忘記了自己的年齡，
堂前燕也記不起故居
素紗裙裾飄過幽冷的青石板如墨荷緩緩綻放
吻過岸邊故人的舊夢
槳聲燈影劃過無數交替的日月星辰
曾經的水巷，
曾經的井隴，

曾經的曾經

都是舊時的痕跡不曾褪色

如井深巷炊煙嫋嫋，像傷透了的心迷霧

歷經了幾代興衰，依然感傷

終不能聚成淚

唯有湖水

靜靜地傾聽一代代古老的心事

二○二○年夏

七，有福相建・澎湖澄波桑煙嫋

前言

　　北京與福建，也許還有香港，是我用腳丈量最多的地方。

　　非常喜歡在廈航飛機上看姚晨拍的短片，有福相建。

　　這些年走過武夷山的春夏秋冬，在千年的榕樹下品茗，大紅袍金駿眉安溪鐵觀音。看太姥山的日出，寧德霞浦的日落。徜徉於福州的三坊七巷，廈門的鼓浪嶼鷺島，走百年的老街，嘆千年的古鎮，泉州的洛陽橋，漳州的土樓，古田詠春，長汀古鎮，培田古鎮，燒德化白窯，燒建德建盞體驗八閩文化。洛陽橋不在洛陽，紅樹林其實也不知道何時會變成紅色，這裏沒有秋天的紅色，只有王朝更迭與海絲興衰的縮影。

　　來泉州也是好幾次，都是早去晚歸，不是酷暑就是大寒，只有這次最悠閒，氣候宜人，漫步在這座光明之城中，體會紅磚古厝之間，「半城煙火半城仙」是歲月沉澱後的暖暖人情。

三生四季，有福相見與福結緣。
人心太遠
如何端詳遠近親厚？
時光太淺
多久看的夠風花雪月，
我告訴自己
三生四季

讓所有細節從前世走來，
落幕在來生點點滴滴的從容。
前世，
弱水三千路，驀然回首處，
誰？
小軒窗畫眉傾柔情，
散扁舟霓裳詩墨香，
誰以為江山如舊人如昨
蝶舞黃昏卻獨自彼岸路。

多少次我問我自己，
來生，
如果時光不曾將我的身影催逝，
誰會煙雨遙望我走過的綠野仙蹤？
我為誰空等一個輪迴？
誰為我執著一場舊夢？
一場繁華的夢，不傾城，不傾國，
卻傾盡所有走過四季
春風春鳥秋月秋蟬夏雲夏雨冬月冬雪
多少次我問我自己
如何唱一曲四季的歌？
如何演一齣遊園的夢？

　　春去采露入武夷岩茶，苦澀中有芳香，露珠如歲月的珠簾，閃爍
沖淡了惆悵。
　　夏末鼓浪嶼對歌，熟悉的旋律，奏出曾經的美麗。心碎如露珠譜

成了新歌，低吟淺唱撫慰了曾經的疼痛。

　　秋分拾雨為詩，菊香為墨，榕樹下心語烹煮。把凡塵喧囂與紛擾關在雲外，艱辛與喜悅，感念與相逢。都是最真的情懷。

　　冬至普陀圍爐聽禪，當初的繁華落寞，曾經的美麗哀愁。流年，過往，在清淺的日子中一笑而過。

（此段摘錄改編）

憶江南·福州撫琴問蒼茫

閩南好，古寺閱千年，霧靄雲深魂影窈，榕花巷陌唱深禪。魂夢閩之南。

二〇一二年冬

憶江南·廈門

思鷺島，鼓浪嶼揚帆。近水遙山芳歲杳，風輕花舞醉香嵐。醇酒閩之南。

二〇一五年

如夢令·廈門北大未名生物園小聚

千里孤鴻遙目。澹宕秋荷薄霧。日暮倚琴台，何處澎湖霜鷺。回顧。回顧。風雅當年如故。

二〇一六年

如夢令　八八級物理系劉玉泉

簾外雨打芭蕉。燈下煙飛輕霧。琴風鼓浪起，文采風流常駐。東渡。西渡。輕施萬里長袖。

如夢令　　八八級技術物理系趙同學

桂月嫦娥同祝，洛水宓神相訴。畫屏驚回首，卻問花中誰主。奪目。奪目。夢裏笑語無數。

有福相建

碧岸清風渡廈門，燕園別後又逢春。
天為畫幕雲如墨，地似裁衣水作鱗。
鼓浪行舟能煮海，武夷策馬笑披塵。
歡談契闊琴壺夜，興至窗東已向晨。

二〇一七年

廈門黃老大

鳳凰花落抵廈門，未展風華已近春。
燕園才氣權對海，蒙地豪情空對樽。
潯江生涯風伴舞，鷺島謀生水同溫。
因興步韻學做雅，詩心一點共啟明。

長汀遊

密密燈前意，寂寂天外風。
桃花烏頭白，汀洲雁淚紅。

二〇一七年春

滿江紅‧汀州古城
七八級力學系高師兄答張楨長汀行

青瓦江樓，峻山近，漢營似鐵。唐宋韻，戲樓紅袖，玉娥
出月。夫子廟前香火剩，店頭街老祠堂謁。客家史，千載
筆春秋，誰堪寫？　秦漢隸，唐宋帖。昌邑竹簡難滅。
東晉尋王鼎，百越文缺。漢脈淚盈河滿子，中原南下金縷
夜。王謝堂，山水忘長安，終無策。

後記：汀州是客家地，山高路艱，古城依山而建，蜿蜒幾十里，敵城
箭樓，一應俱全；高門大戶，漢式闊宅，臨江而立。店頭老街，熙熙
攘攘，古玩字畫，傳統小吃，頗有古街風味。古色古香的戲樓，有婦
女翩翩而舞，自娛自樂，城牆根還有一撥唱戲的，應該是山曲小調，
有男女對唱，圍觀者上百人，可謂民俗民風，皆文藝範兒。汀州內
外，文廟寺院，進士府邸，耕讀人家，在這裏，漢唐遺風，宋明服
飾，可親可敬。

踏莎行‧泉州廈門長汀

清粼鷺島，茵茵碧草，澎湖澄波桑煙嫋。橋邊幽屏掩離人，蒼茫
雲漢青山小。　古城春早，長汀靜好，霜懷何必愁身老。蒙窗塵
末且拂去，披得天際晨霞早。

二〇一八年

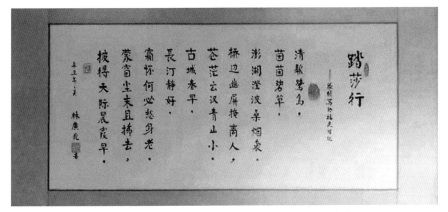

林廣兆：港區全國人大代表、中銀香港副董事長

注釋：在福建的青山綠水之間穿梭，但並不僅僅限於對美景的欣賞，而是想到美景也會老去，也會遭遇灰塵的襲擾。然而，更以積極向上的心境來看待這一切。面對未來的風霜，提出「霜懷何必愁身老」，表示出不在意自然年齡的增長，自然季節變化帶來的一時凋敗，而是拂去窗前的灰塵，去迎接新的一天，新的朝陽，展示出朝氣不息的精神面貌。

踏莎行 · 湛湛星湖步槙韻　　八八級地質系蒲同學

湛湛星湖，茵茵碧草。海天一色青煙嫋。長橋落日紫霞飛，漁舟唱晚沙鷗小。　　江北秋衰，江南秋好。興遊閩越宜人老。雲中錦雁寄書來，勸君歸去須行早。

鷺島之秋

雲下高山繞華堂，餘音晨煙罩經廊。
簫聲幾處離客遠，秋色一城落英忙。
鄉思堪冷窗前月，南雁猶寒翅上霜。
貪走鷺門銀杏路，流霞兩袂步斜陽。

二○一九年

清平樂‧作別廈門朋友

夕陽西去，遠望山如玉。夜珠千滴荷葉綠，半盞清茶一敘。縱歌
歡笑華堂，低語良宵未央。夢醒繁華過往，癡情都付流光。

二○二○年秋

八，燕園舊夢──
留得風華眉目

念奴嬌‧燕園舊夢

華章讀罷，似曾見，那夜樓前漫步。舊夢堪驚，回望處，靨輔丹唇如故。天地春秋，離合難定，夕陽輕袖撫。此生不棄，為君只影孤燭。　惟願執劍同心，對斟江水，信馬橫舟去，且駐聽琴銷日永，留得風華眉目。已誤前期，叔然初遇，竟已山盟許。天涯海角，此生未敢相負！

點評：此詞深情款款，似有本事？前盟雖誤，後約必堅。喁喁爾汝中，有玉石之音。

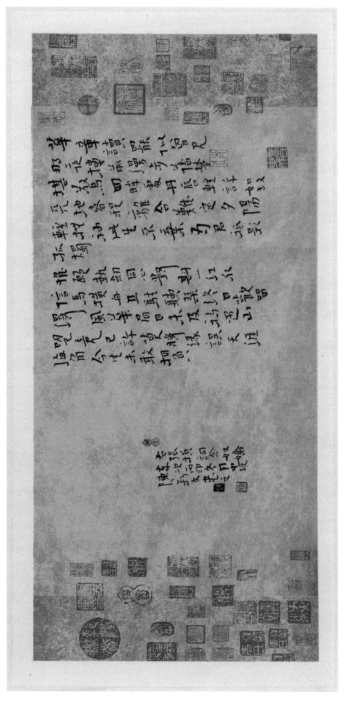

武陵春

曾記西窗雲散去，舊曲奏箜篌。湖畔石邊小徑幽，素手戲清流。

　綺夢相思心不已，未敢訴離愁。銀杏又開花滿頭，真個有萬般柔。

二〇一五年四月

點評：此詞調寄〈武陵春〉，有易安風緻。物之今昔，似與不似；世間兒女，言欲不言。

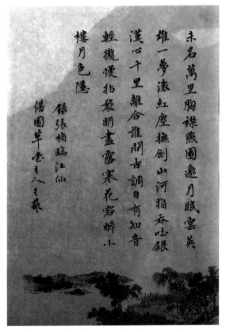

王藝，著名藝術家，國家一級美術師，中國國家畫院數字藝術研究所所長，雕塑院執行院長，詩人

過秦樓・剎那芳華
聽 young and beautiful 作國風版

引馬楓橋，紅塵遊遍，世間多少衷腸。笑一樓明月，玉手撫金樽，醉樂華堂。當夜夏螢忙，舞婆娑冉冉流光。任紅宵燈火，無心飄蕩，爛漫兒郎。　望花叢人海，來鴻去雁，炎天雲滾，絢爛霞裳。隔座猶相視，若初逢熾戀，願乞穹蒼。寧共越瑤池，倚君身，煥我容光。縱青絲化雪，猶記桃夭，永駐心房。

點評：爾許前盟，無端幽夢，至於斯極。

如夢令

慵起扇疏弦驟，舊夢驚回醉酒。但憶少年遊，人去此心依舊。知否，知否？燈下素衣新瘦。

點評：此詞效易安同調，時有新意。末句「燈下素衣新瘦」，尤有意趣。

慵起扇疏踈驟舊夢
鶯迴醉酒但憶少年
遊人去此心依舊知否
知否燈下素衣新履

張楨珝思其書　壬寅年書

思其，北京大學八二年級校友

山坡羊‧七夕（三首）

舟邊浪打，水邊沙聚，曾經舊夢欺牀隦。釅如茶，褪韶華。零珠散翠紛如畫，莽莽天涯何處是界。離，空牽掛；合，空牽掛。

畫梁曾見，海遠似天，海天之際映嬋娟。歌婉轉，弄絲弦。細雨雙燕共蹁躚，一葉孤帆望斷雲邊。晨，落梅妝；昏，落梅妝。

故地滄桑，舊時彷徨，紅妝舞別灞橋旁。問家鄉，西北望。萬里關山思斷腸，遙共明月獨倚軒窗。悲，為相思長；歡，為相思長。

八，剎那芳華——
蓬山萬重共看驚鴻晚照

　　一彈指六十剎那，一剎那九百生滅。一切都只是剎那。

　　相遇是剎那，前世的驚艷，種下今生的邂逅。見過就放下，曾經光照彼此，不執著，為來生留雲淡風輕的暖。不再問，那年路口分開的背影，是否還會重疊在下一個路口。時光不居，誰不曾應許天長地久？誰在誰的故事裏停留，離去的腳步或急或緩，生命起起伏伏在一個個轉角處上演著一幕幕聚散！

　　相知是剎那，冷暖中輾轉，平仄中起伏，多少喜悅，都敵不過日常的煙火與滄桑，請與愛保持疏離，不遠不近就是天長地久。不傷感。流年無恙，誰不曾應許歲月靜好？誰在誰的青春裏走過，聽笑語或悲歌，人潮熙熙攘攘在四季裏一遍遍溫習著一場場錯過！

　　漸漸地我們已經習慣了接受一切，接受來接受去，不再去問為甚麼不如意，而是問如何在不如意的年歲學會喜樂？這也是每個人必須經歷的修行與成長。

　　《聖經‧詩篇 90》啟示我們，世間一切都是虛空，一切都是剎那，但是這剎那的過程是避無可避的。人一生的年日是七十歲，若是強壯可到八十歲；但其中所矜誇的不過是勞苦愁煩，轉眼成空，我們便如飛而去。

　　也許我們曾經，遭遇友人莫名背叛，愛人的無言拋棄，親人的遽然離世；也許我們曾經徹夜無眠，狂怒痛哭，哀求切齒，死海那麼深那麼鹹，不過是我們流不盡的夜夜淚滴積攢。只是我的神啊，祂沉默、淡然，久久無言……有一天你會明白，錐心刺骨的痛在驀

然回首時也不過是一刹那，有一天我們可以坦然無懼，如果我哪裏
做錯，請你原諒我；你說過的話，做過的事，如果曾經傷害了我，
我早已經忘記。當你明白原諒不是為了別人，是為了你自己，那麼
就更容易釋懷與放下，而你曾給我的絲絲溫暖我從未忘記。

因為村上春樹說：

你要記得那些黑暗中默默抱緊你的人，
逗你笑的人，陪你徹夜聊天的人，
坐車來看望你的人，
帶著你四處遊蕩的人，說想念你的人。
是這些人組成你生命中一點一滴的溫暖，
是這些溫暖使你成為善良的人。

詩以傳情，無論愛情，親情還是友情，都值得我們付出、珍
惜。謝謝永不散場的友情，堅持永不放棄的夢想，繼續永不後悔的
選擇。雖然永遠也是刹那，因為神看千年如已過的昨日，又如夜間
的一更。生活總是讓人遺憾，我們度盡的年歲好像一聲嘆息，每個
人的機遇從本質上沒有大不同，隨緣接受一切都是最好的安排。

用一首老歌，一箋心事，一闋舊詞，記錄一段過往。人生山高
水遠，從最初的鮮衣怒馬，到落款銀碗裏盛雪的閒章，要覽過多少
風景，煙柳畫橋，風簾翠幕，美的也只是刹那──

曾經的眷戀或纏綿，愛與痛，都會在幾個刹那的流轉中風化，
有多少能滴墨於宣紙，黑白分明的記取？一切不過是刹那。

敲落這些文字時，月光如水，掛在柳梢，用感恩的心，為一個
個刹那落款。在看似不經意的文字裏，刻下一個個名字道謝作別。
月光的影落裏看見自己，品一盞茶茗，聽一曲琴音，在回憶與遺忘

交織中低吟淺唱，隔岸觀賞，靜待花開！回眸處，發現那剎那已是
永恆，溫暖一直都在！即使是雪舞流年寒梅盛放冬已深！

剎那芳華五段

髮如瀑，體如燕，紅妝舞別灞橋邊，佳人纏綿，公子淚沾。
面如月，身如玉，零珠散翠香如洗，蝶影雙飛，情深難寄。
天似海，海似天，海天之間映嬋娟。望斷雲邊，一葉孤帆。
舟邊浪，水邊沙，曾入舊夢枕上花。莽莽天涯，何處是家。
長相思，相思長，萬里關山思斷腸，遙共明月，獨倚軒窗。

未名兩段

茶，香茶，茗香茶，茶香淡淡怡人兮，壺牽清新雋永之交。
花，蘭花，賞蘭花，花氣縐縐襲人兮，畫引悠然尚古之思。
人，佳人，珍佳人，梅影熒熒傲人兮，書銘前世繾綣之約。
情，交情，衛交情，琴韻悠悠娛人兮，筆舒高山流水之情。
推心置腹牽手良辰美景，
君心慕悅，
傳道授業解惑花好月圓，
卿意綿長。

文，妙文，吟妙文，文采鬱鬱暢心兮，韻帶靜穆幽遠之思。
酒，美酒，斟美酒，酒暈嫋嫋沁心兮，樽盛負氣含靈之境。
書，好書，讀好書，書聲朗朗悟心兮，紙透神聰婉慧之感。
畫，佳畫，品佳畫，畫技栩栩悅心兮，墨載丹青不渝之懷。
滄海一粟同襲瘦骨秋涼，

桂舟綠水，
蓬山萬重共看驚鴻晚照，
燈火黃昏。

傾國傾城八段

青山暮雪
戎馬二十載
紅顏白首空惆悵
花盡落
繁華已逝

斗轉星移
何必江湖滿浩蕩
卿已遠

古剎疏影
一夢已經年
夢醒相思無覓處
人亦錯
時光亦過
孤影撫琴
歌聲蕭瑟笛聲憐
君猶躅

西湖冷月
舊事如天遠
縷縷香煙燃指柔
忘不了
誰的容顏
素箋難描
追憶當年携手處
共從容。

湘江寒星
前緣似海深
屢屢醉酒入愁腸
勘不破

誰的柔情
低吟淺唱
來年花好勝從前
與誰春

碧水珍石，
風雲過百年，
柳色書聲多俊賢。
門空掩，
韶華曾見。
花盛草枯，
終是天地有春秋，
君莫怨。

彩箋香閨，
欲畫難下筆，
欲道還休非得已。
淚難盡，
芳心難寄。
小樓秉燭，
葉影飄搖身影遠，
輪迴裏。

野渡孤舟，
並禽臥篷檔。
細雨濛濛潤衣涼。

恐洗去，
舊時模樣。
知己安在？
彈破平生南華夢，
逐滄浪。

村閭茅廬，
黃昏獨倚戶。
羌管悠悠人如故。
愛戀伊，
相伴長路。
玉骨冰肌，
縱使別家花更好，
風不負

未曾一見也鍾情

去年谷中秋氣清，樽酒聯句幻夢生。
煙雨微茫蘭亭遠，綠袖紅香愛意萌。
何當雙棲俠侶夢，未曾一見也鍾情。
琴音意在心能會，墨蹟緣來筆有靈。
燕趙風清欲執手，南楚浪卷愁入心。
夜風吹起花千語，醉夢嫣然入此身。

今春嶺畔花生樹，清夜共舞望月華。
情深夜半無語訴，滿紙斑駁有言嘉。

故人穿越時空到，心蓮娉婷水雲間。
拈花成曲顏如畫，對酒化詩掌做箋。
百年情絮華章寄，千載眷戀碧眸深。
白雲紅葉兩不盡，山水相依只一人。

風，舒推萬里層雲，春風繾綣，
風吹楨葉弦弦慢，盈一懷風香滿袖。
雨，輕叩一簾心事，秋雨纏綿，
雨打芭蕉片片寒，吟一闋秋水長天。

相見歡

窗外池塘清淺。杏花天，小巷幽幽，白裙綠草間，雨絲斷，微雲亂，戀遠山。春歸無覓，談笑盡餘歡。

相見歡‧芙蓉秋雨　　八八級地質系文武

斷橋流水斜陽。渡西窗，去去還來不捨舊亭堂。千杯酒，半枝柳，醉誰腸？休教芙蓉秋雨別相忘。

相見歡‧鄉愁困　　八二級法律系秋笛劉師姐
依韻李煜〈相見歡〉

樓前溪水悠悠。走龍舟。兩岸煙花新柳、月如鉤。巾幗恨，古今困，是鄉愁。別有一番滋味在心頭。

題記西遊記女兒國

杏花輕飛濕紅袖，如雲青絲都潤透，誰家傷心淚，濕我青衫襟？
風雨黃昏後。只為她形枯人瘦，只為她朝憂暮愁。　今生只願與
她相伴，執手相看紅塵長相守。無悔去，無悔去，相逢總有時
候。

八三級法律系張師兄

相思柳下牽玉手，西樓望月登蘭舟，葉落秋風起，心殤春
恨生，未語淚凝噎。既然已曾經擁有，此生又夫復何求？
　南風吹夢了無痕，眾裏尋她欲問語還休。好個秋，好個
秋，染白了少年頭。

有時候

有時候
世界好大，自己太小
認識的人那麼多那麼多
厚厚的通訊錄
卻一直沒有想打電話的那一頁

每日的喧鬧
只是因為自己的出現
隱身一天
有誰會注意到？
倘有在意的
卻不知道該回覆些甚麼

好想好想回覆的話
發出上一句的人在哪兒？
若有人問我為甚麼憂傷
我不敢說出你的名字。
原來
我們依然是孤獨的靈魂

有時候
世界好熱，自己太冷
前天還歡聚
昨夜已無眠
為了誰啊？愁思輾轉
今晨依然要按時醒來
永遠等著的，沒有誰
只是無盡的該做的那些事。
若有人看到我在風中獨行
我不敢把眼淚流下來
原來
我們依然是無助的靈魂。

　　（此段張師兄補）
　　有時候
　　世界是草原我卻是海邊
　　無論你多麼延展
　　怎體會我唇際的苦澀
　　縱使我是一襲堅硬的堤岸

為你張望無數遍
你也看不到我
圓寂的沙灘

有時候
世界是一方清晰的畫板
我卻是一抹顫抖的筆尖
即使用盡渾身的解數
也無法圓滿一個
哪怕微小的句點
只是不停的省略……省略……
省略到你的永遠……永遠……

（此段廖師兄補）
外面世界的大小
是由邊界決定的。
如果因為認識的人太多
而不知向誰訴說
何妨精簡一下通訊錄
……只是，不要刪掉我

注意到你的缺席
比注意到你的存在
更值得感激
道一聲珍重
不必為逝去的而憂傷

有時候
善意的關注
也可能成為無意的傷害
於是人們習慣了冷漠
但請不要把自己裹起來
因為生命的意義
就在於靈魂的碰撞
有時候
何妨讓眼淚恣意流淌。

相忘於江湖

選個特殊的日子
換個陌生的城市
告別從前
忘記那些天真的深情的告白
淡化那些癡狂的耐心的守候
若不是一些舊照讓人恍惚
我幾乎忘記了
你曾怎樣執著想走進我的過去

千張小小的底片
二十年人世滄桑
一一在燈下掃描放大排列
彷彿時光倒流
穿梭於我的世界

觸手可及卻遙不可觸
你說一無所有，
你說身不由己
你曾反覆反覆求佛想把好運給我
除了某些個瞬間恍惚
在擁擠的車流中
我幾乎忘記了
你就這樣
不遠不近地
守護我
給我你僅有的自由的時間

你說相遇太晚
我知道是相逢太早
願你在你的世界安好……

滿庭芳

楊柳新枝，芙蓉人物，星眸淺笑嫣然。小樓春色，坐起弄冰弦。細覽遠山近水，撫長髮，獨倚軒欄。何曾料，秋來霜落，華髮染紅顏。　浮雲，都望過，往日種種，只在心間。歎家遠路長，夢醒心閒。何懼鉛華洗去，未名月，不似當年。心猶記，白裙一領，依約晚風前。

二〇一六年九月

九，嶺南好——
歡欣只作嶺南仙

海口，武俠遊戲之作

海南好，聽聞海外有奇山，瓊漿玉樹，碧葉香屏天地任我行。人說世間有仙姝，婉兮清揚，語笑嫣然，沉香染指歡。

二〇一二年

三亞

海南好，沉香妃子笑。趔趄塵世共冷暖，情深意篤。雲水胸襟書墨間。浮華盡消，能不憶海南。

二〇一三年

深圳

嶺南好，梅沙霧迷煙。雨落聽簾意清歡，氤氳一紙淡流年。能不憶嶺南。

二〇一五年五月

廣州

嶺南好，賞紫荊藤蔓。臨水照花春風短，沁墨痕成蘭。吹皺心湖泛波瀾，能不憶嶺南。

二〇一五年八月廣州

深圳

嶺南九月多歡聚，聚散飛揚總在茲。
夢幻流光承醉意，紛騰玉盞羨迷離。
瀟灑引吭歌風月，把臂喧呶笑昔時。
休道人生分遠路，同窗一室自當期。

二〇一五年

楨聚　　八八級中文系劉同學即席

嶺南今夜又飛觴，聚來盛意少年狂。
常因秋節歎時短，桃李相簇競芬芳。

浣溪沙·二〇一六年深圳三·一聚會
八八級法律系劉同學

數朵仙葩到海邊，千般儀態笑語嫣，潮中緩立一嬋娟。
能似飛燕尋海底，宛如彩蝶舞花間，歡欣只做嶺南仙。

二〇一六年三月一日深圳聚會　　八八級法律系劉同學

藝群盛事，共度驚蟄觀海日，
紅袖輕舟，逸致豪情浪中遊。
天清雲暖，笑倚艫舷擎玉碗，
嶺南春光，京城猶襲萬里芳。

背影

一片青雲入夢來，微廊秀閣為之開。
波環煙島觀滄海，葉隱幽人上玉台。
有意羅裙托蔥色，風骨多姿透仙才。
杏眸流光唯南海，欲寄鄉愁費句裁。

二〇一六年盛夏海口

七律·和背影　　八八級天體物理系趙同學

十八年後又重來，瓊島風急雲不開。
天雨疏狂迷遠艦，海濤洶湧向高台。
潮分一隅九州地，廟祀五公百代才。
滿眼椰林青翠色，萋萋芳草獨徘徊。

二〇一七年三月一日惠州同學聚會

雲聚嶺南和風岸，灣前碧水月流華。
流光唱晚歡修禊，玉手傳杯好煮茶。
偉岸綸巾生妙品，韶羞紅袖掩桃花。
燕園辭采韶年夢，春去無留渺際涯。

步韻和楨　　八八級地球系陳同學

雲生綠岫濤驚岸，碧海青天湧月華。
流水飛花漫修禊，玉壺傾引細說茶。
綸巾且喜歡神品，紅袖誰憐葬落花。
燕雨紅樓昨日夢，無限佳山待生涯。

鷓鴣天‧二○一七年廣州聚
八八級技術物理系趙同學

豔影流光一見驚，天生麗質萬花凌。最恨當年同窗日，不識燕園美才情。　如蘭氣，似玉聲，贏得多少眾人傾。老夫縱有凌雲筆，夜夜思量畫不成。

圍觀二○一八年秋廣州聚會　　八八級地球系林同學

秋天楨美嶺南第，歡歌笑語話當年。
錯過已然成喜遇，振翼南飛是鴻雁。

憶江南‧廣州

嶺南好，小蠻腰燈暖。酒暖情深年少憶，醉中重現見時歡，思念任闌珊。

二○二○廣州

憶江南‧廣州　　八一級經管系吳師兄

嶺南好，花城光景諳。瑰麗夜色暖似火，四季倩影翠如藍。能不憶嶺南？

十，太平香江──無語驛邊橋

菩薩蠻

高樓夜靜參差影，故園萬里關山冷。雲外楚天風，經年煙雨中。
　堪惜清夢遠，心事如雲卷。踏馬帶香歸，人生能幾回。

二〇二一年四月香港隔離偶感

臨江仙

漢闕秦宮古木凋，月華還照重樓。暮鼓聲低香冷透，身浮如片
葉，何處弄扁舟。　花影飄搖身影遠，堪嗟生似雲愁。珠簾猶掛
去年鉤，小樓方秉燭，梁燕又回眸。

二〇二一年五月香港

訴衷情

綠秀，紅瘦，雲欲皺，雨霏微，夏未央。舞衣塵暗生，意難平。
簾外月將沉，夢醒。何處古琴聲，訴衷情。

二〇二一年六月香港

浣溪沙

翠疊畫屏山青青。楚煙湘霧水粼粼。安得青鳥傳花信。　花落庭
前人杳杳，燕歸帆盡月悄悄。白駒一騎絕紅塵。

二〇二一年六月香港

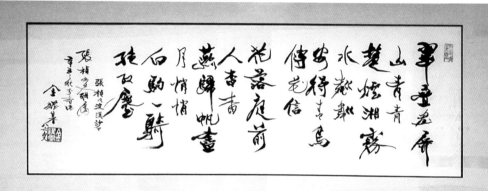

更漏子

春霧濃，煙柳重，庭下丁香縈夢。我意好，感君憐，此情須問天。

殘宵月，寒秋夜，滿院霜華如雪。相見少，欲相忘，兩情似水長。

此宵意，明日別，悵悵此情難愜。細草畔，海棠風，相思待曉明。

挑錦字，書別意，兩地雙星同記。簾半卷，屏斜掩，樑間雙燕飛。

二〇二一年六月香港

八五級法律系周師兄

好大雨，好大風，零落殘花滿庭。我看雨，我聽風，一柱清香靜。

荷花艷，蓮葉濃，入夜滿塘蛙聲。蝴蝶飛，鴛鴦鬧，菡萏落蜻蜓。

夜已深，月正明，誰為夏熱燥動。心輾轉，夢玲瓏，醒來一床空。

笑對窗，哭對鏡，東方朝陽好紅。你走了，他來了，從此悟人生。

浣溪沙・秋

庭菊飄黃月色明。露濃苔綠奈秋臨。凝思翠黛鎖愁深。凋碧謝紅歡半世，瀟湘鴻雁兩牽情。蘭心無處與人行。

二○二一年十月三日香港

夢江南

思無邪，叵耐故鄉遙。窗映玲瓏鳳凰影，洞庭花落雨瀟瀟。無語驛邊橋。

封筆之作二○二一年十月十九日

後記：這次真的封筆了，本來二○二一年新年心願就是封筆，不再傾述於傷春悲秋的文字。春來香港過客旅的生涯，陌生的城市，故友新知，難免有所感，從春寫到秋。金秋十月受金耀基先生贈字並啟示，他說讀我的詩詞雖然喜歡，但是人生短暫，還有那麼多有趣的人需要了解，那麼多未知的事要探索，如果耽於過去，詩詞不免陷入悲涼。

深以為然，忽有所悟：有些人，有些情，當時以為刻骨銘心，太執著不肯放下，就不會釋懷。當我們終於明白有些事情，無論我們多麼努力，結果並不以我們的意志為轉移，允許一切發生，順應一切結果，才能不讓文字執著於情愛。有些人初見面就讓你有蒼茫熟悉的感覺，彷彿帶著前世的記憶重生，今生跋山涉水只為與他隔世相逢淺笑，問侯一聲，你也在這裏。其實也許熟悉不過是因為不了解而引起的錯覺，如同窗下的風鈴因風而動，並非故人來敲門。其實三生石上幻化流離不過是一念執著。於是，揮揮衣袖揮落塵埃，將苦澀與甜蜜疊成一曲陽關三疊，一生浮萍把春花秋月繪成一卷溪山行旅。於是，喧囂浮華都歸於平靜荼涼後隨時光漸行漸遠的背影。

輯二：雅集
目錄

一，如夢亦如真

珍卉含葩而笑露，虯枝接葉而吟風。

納蘭性德：〈金山賦〉

1，如夢亦如真

為張楨刻印有感　　八八級政治系倪同學

燕園多逸氣，如夢亦如楨。
一別二十載，三會五四臻。
刻玉酬知己，揮毫化奇珍。
往日長已矣，壯歲更天真。

八三級法律系張師兄

結彩　張　燈慶新時
憑欄　楨　酒憐舊枝
如風　快　馬誰問客
醉是　樂　觀漫天詩

弓（躬）一寸腰身　長半厘心智　自可前後有餘上下亨通
馭四面來風仍得心應手　做事定能三下五除二　小菜一碟
木（慕）千古松林　貞百代操行　當會左右逢源裏外練達
得八方助力而水到渠成　為人不管三七二十一　大氣磅礴
橫批：弓長木貞

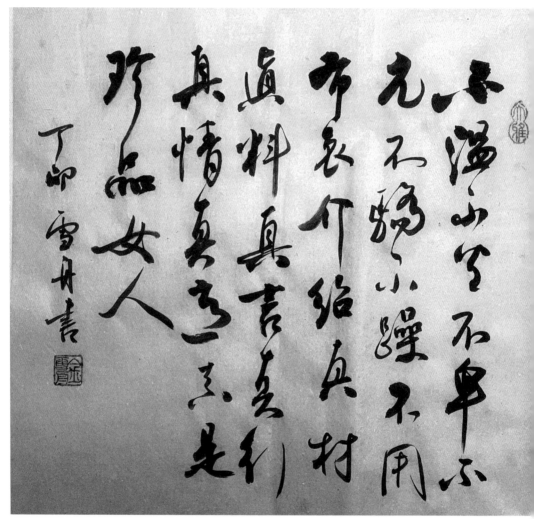

金雪舟，北京大學八七級中文系校友，出版人

劉海平攝影

劉海平，北京大學法律系畢業，中國著名攝影家

張楨　　八八級地球系陳同學

長弓射天狼，貞木作棟樑。
問君何所患，弓木染秋霜。

張楨　　八八級地質系文同學

瓊山碧海金貞木，細柳玄鐵玉長弓。
九十太君猶掛帥，鬚眉不讓射蒼穹。

張楨　　八八級無線電系李同學

箭逝寶弓擎，余弦訴長鳴。
未名一木下，流月洗貞情。

張楨——古風·塞上　　八五級法律系皇甫師兄

弓勁胡馬殘，草長孤月寒。
雨摧木葉落，萬流入貞觀。

無題　　八八級社會系佚名

雪輕朔風緊，緩車過京城。
能以歌詠楨，可名非常名。
低眉髮繞指，顧盼手揮盈。
凝神歎如故，洗耳聽玉聲。
生年不滿百，中歲此相逢。
昔日豪情遠，此時意氣平。
輕歌執子手，慰我少年情。

將飲茶半盞，歸去月色冰。
急就尺素書，期見皓齒瑩。
雙棲方屬意，未見也鍾情。

無由忽覺清夜永　　八八級社會系佚名

偶然命書欣然從，舊詩在憶新難成。
新詩不是詞藻砌，都是聲聲輕歎凝。
誰味冬盡春光好，卿潔如雪有無中。
唇邊淺笑腮邊淚，心中伊人夢中情。
枕邊青絲鬢邊霜，無由忽覺清夜永。
萬千寵愛成遺夢，一夢便是隔世風。
且卷單行唱離歌，漫嗟此生蹉跎行。
蹉跎應盡便須盡，人生至味消磨成。

憶秦娥·輪迴　　八八級法律系劉同學題詩慈禧舊照

雍容度，繁華閱盡人無數。人無數，蒼生輪轉，百年朝暮。　光陰不把青春誤，萬方儀態幽情訴。幽情訴，風華幾世，妙顏如故。

賀楨同學　　八八級法律系馮華駐

顧犖翩婉妒飛花，四海萍蹤映紫霞。
寶瑟丹青托曉夢，冰心錦字記芳華。

供張楨同學一笑　　八八級法律系陸沉

高台獨坐對遠山，幾處黃花幾處帆。
欲寄瑤台托青鳥，斜陽立盡竟無言。

贊崑曲　　八八級法律系陳同學

肌膚勝雪露晶瑩，雙瞳剪水玉冰清。
長袖拂去多少事，柔指挑起無限情。

舞　　八八級法律系佚名

煙搖枝醉起大漠，風吹衣袂舞羅裙。
雪華一瓣伏銀履，蓮步幾迴畫流雲。
蓁首凝望塔前月，足尖惹動湖底春。
纖腰輕擺幾重影，未名夢中可牽魂。

定風波　　八八級法律系佚名

香染燕園自清奇，風華如歌夢迷離。面似雲霞身似玉，旖
旎，蝶歡鳳舞總不及。　舊日青春仍絢麗，醉倚，雕欄素
手按霜笛。雅曲解得明月意，尋覓，萬般往事印雪泥。

詠紅妝　　八八級法律系佚名

大漠風姿多嫵媚，黃沙玉璧自娉婷。
嬌膚勝卻天山雪，一笑襲得王者心。

一剪梅　　八八級法律系佚名

一朵琦珍落人間，驚了周天，失了花仙。玲瓏玉骨勝嬋娟，心有瑤璠，筆有華篇。　纖纖佳麗翠香鈿，尤若霞煙，最把人牽。萬種相思兩地拴，半在雲端，半在身邊。

贈楨師妹　　八四級法律系王師兄

秋雨瀟瀟秋草黃，窗前落葉爐邊香。
飛雀婉轉月光秀，人間韶華詩意長。

水調歌頭·傾城·贈楨同學　　八八級政治系范同學

秋雨漫深巷，繾綣醉菊花。更催楓葉紅透，濃情向天涯。湖岸蒹葭娉婷，掩映孤舟靜影，烏鵲弄枝丫。蘭草綴珠露，暮柳染夕霞。紫薇嬌，枯荷傲，果香奢。　天邊雁陣，聲聲歸曲惹思遐。明月銀輝暢灑，星漢鱗波瀲灩，何處不清嘉。絕世佳人在，難比此芳華。

贈同門師妹楨　　八四級法律系韓師兄

同門聞名未曾見，天平在心手無劍。
夢裏依稀湖映塔，合歡花開香滿園。
丙申季夏集令傳，博雅藝趣暢言談。
秋肅漸近問無恙，引領闔群度冬寒。

問候楨師妹小恙　　八四級法律系王師兄

小恙纏綿又何妨？少陵集中望曲江，
閒把詩卷聽秋賦，白雲悠悠清溪長！

臨江仙・問候楨小恙　　八八級法律系佚名

飛鵲攪亂星光碎，人間微語纏綿。韶華輕擲誤凌煙，千里
共銀漢，不悔問桃源。　纖纖玉體今康否？芳蹤惹動垂
憐。抱月無眠獨倚欄，願化秋風去，長伴彩雲邊。

願得青囊安玉體　　八八級法律系佚名

春花謝去夏花盈，亂枝待理難洗塵。
幾時得閒能揮扇，一眾熱望寄羅裙。
愛伊水深恬映草，賀蘭山遠自多雲。
願得青囊安玉體，來日盡興會佳文。

訴衷情　　八八級地球系白雲山人陳同學

風華正茂索天音，駿馬競迷津。尋尋覓覓無果，虛度不知
因。　緣未盡，悟初心，遠凡塵。花神指引，青鳥殷殷，
攬月歸真。

贈楨同學　　八八級哲學系李同學

漱玉軒中研墨女，大觀園裏啖腥娃。
紅顏何作當壚客？月夜琴心葬落花。

洛如花之三世奇緣（楚辭）　　八八級哲學系李同學

驟雨歇而彩雲霽兮，醺風行彼洛水。
水潺潺而鳴佩環兮，慨吾心之多歡。
循洛行而采靈芝兮，有女翩然凌波。
髮如雲而肌勝雪兮，星目顧盼多情。
鼻懸膽而口含丹兮，行似弱柳扶風。
見斯美而吾瞠目兮，揖之問所從來。
斂雲袂而施禮畢兮，芳唇慢吐鶯聲。
居蓬瀛而巡洛水兮，晨曉常濕紅妝。
貌如花而多詩才兮，冰心誓不暫移。
厭蜂蝶而候東籬兮，至今已歷三世。
西剪虹而東繪霞兮，洛陽候君一世。
弄瀚墨而舞霓裳兮，冷豔常令春妒。
花事盡而君不至兮，掩面泣歸瑤宮。
緣未盡而心不甘兮，聖命再返洛東。
雪染膚而冰作魄兮，才勝文曲八斗。
掩梨渦而舞掌上兮，漢宮粉黛無色。
謝帝王而斥將相兮，妾心向夢而歌。
潮漲落而月圓缺兮，倏忽百年又過。
天限近而君不至兮，飛廉負我還家。
雲為使而月為媒兮，東君為築後宮。
羨名士而慕高雅兮，妾意豈在富貴！
淚婆娑而閉香閨兮，歎恨有緣無分。
帝心慈而再下旨兮，洛水三候知音。
餐風露而種蕙蘭兮，芳魂催妍百卉。

朝耕雲而暮犁雨兮，今日終得遇君。
聞姝言而吾心動兮，願與共結連理。
洛水唱而鸞鳳翔兮，采薜荔以為冠。
雲霞集而巫山開兮，繁星以為花燭。
結蘭袊而連蕙袂兮，長天萬載比翼。
亂曰：
奇矣哉！
三世美艷兮洛如花，
芳心堅韌兮不可拔，
郡有名士兮永相伴，
雅姻墨緣兮孰不誇。

2，梅影鶯鶯

日子　　八八級經管系王同學

曬我的靚麗
既是今天，也是昨日
這一種氣息
是我的唯一，也不是唯一
有很多日子
可以清晰數數
更多的日子
已經迷離
儘管記錄在自己相冊
或者別人的相冊

也可能在傳說中
飄過來飄過去
不曉得是否辜負
曾經的和當下的起舞
只悄悄告訴自己
別太和自己，著急

舞　舞　舞　　北京大學光華校友，旅加著名詩人葉虻

你把一次風中之舞
交給無限的時光評判
沒有流逝的裁沒
也沒有光陰的漫溯
那個黑裙漫飛的夜晚
在年華裏不是迴旋和漫舞
是過往永恆的銀色駐足

背影　　北京大學光華校友，旅加著名詩人葉虻

當你獨自走向大海
我聽見濤聲越過
時光的叢林
陽光如秋日的麥芒
收穫你背影裏
豐腴的過往
此刻　只有大海
可以和你面對

用蔚藍色的歌吟
再次揮就一闕
青春和讚美的詩行

梅影熒熒　　八八級政治系龍飛

不經意間又見了你的美
是那千年冰雪呵護的紅梅
心情融化在你的清香裏
驀然間我忘了自己是誰
梅影熒熒傲人兮
今年何年人憔悴
你到底是誰
清亮的雙眸和淡淡的眉
黑黑的長髮縈繞著牽掛
是否是前世注定的相隨
二十年前你遇見的是誰
竟會捨得讓你聽見心碎
重洋漂泊的疲憊孤帆
是否是你長夜孤寂的體會
梅影熒熒傲人兮
誰人遙遙淚雙垂
十年來你又在默默地等誰
竟能等得如此的傲然無悔
難道當年莫名的擦肩而過
歸去來兮中是斯人的憔悴

總想用杯烈酒把自己灌醉
讓溫柔的春風把心靈撫慰
難道是這冬夜遙望的目光
詮釋了雪與梅的今生相偎
梅影熒熒傲人兮
今夕何夕魂相隨⋯⋯

劉國保，北京大學八八級經濟系校友

逐夢　　八八級政治系龍飛

你曾拒絕了所有仰慕者的目光
癡癡地依戀一個未知的胸膛
青春和美麗只為一個人綻放
多年後只留下內心孤傲的憂傷

天涯海角的記憶已漸漸泛黃
有多少淚水和憂傷灑落重洋
曾經無悔地追逐海闊天空的夢想
卻品味到命運如歌的吟唱

西子湖的迷霧是你淡淡的憂傷
三潭印月的風景見證你的風采
依稀還記得初遇時的驚鴻一瞥
沉澱了今天重逢時的驚豔時光

你的眼神清澈中看見了迷茫
是否還有人癡戀你清麗的面龐
你在心裏獨自品味疲憊的況味
卻又在命運的安排中再度起航

很想尋找你臉上歲月的滄桑
卻看到依舊眷戀無悔的目光
愛與被愛是紅塵永遠的傳說
一如我冬夜默默無語的守望

贈友楨同學　　八八級無線電系曹同學

楨

遙遠的夏天

苗條清麗的身影

雋秀而略帶羞澀的臉龐

白色的北大 T 恤

身後一群騷動的少年

這是對楨的全部記憶

時光荏苒

當你再次出現

淡定、溫婉、知性的眼神

依然閃爍著純真的光芒

二十年光陰恍若濃縮在一刹

雖無太多語言

卻知此後定知己相見

美麗的花是不會敗的

正如美麗的你

待我們垂暮之年

執手再憶燕園和那個夏天

二〇一五春於念西齋

Hello Kitty 之少年魔法師　　八八級生物系阿姆博士

Hello Kitty, where are you going?

To infinity…… and beyond!

我們在同一個月台上車
列車長得沒有盡頭
魔法學校的大門
也沒有噴火的龍守護
少女的面色蒼白
胸部發育不良
Hello Kitty
在過道上跳舞的是你嗎
白 T 恤和牛仔褲是你嗎
穿過東京的櫻花季節
費城海港的倒影是你嗎

Where are you going?
To infinity...... and beyond!

於是我總在橫跨大洋的魔法飛車上
在半夢半醒的北極上空
聖誕老人的雪橇裏
想起多年前那個車站
Hello Kitty!
想像我再見你的時候
東京正在下雨
也許還有人在維也納等你
巴黎的午夜燈火闌珊
驀然回首，在那個冰涼的車站
少年依然在追問：

Hello Kitty, where have you gone?

To infinity...... and beyond!

上帝為何給了我們一顆對痛苦如此敏感的心
給張楨——八八級生物系劉同學

上帝為何給了我們一顆對痛苦如此敏感的心
因為他要讓我們通過自己的痛苦感受他人的心
因此教我們如何愛
不要輕易結成親密關係
而對待愛你的人要無比小心
不要讓她的心揪成小小的一團，
在無底的冰冷的海水中一直往下沉

哪怕讓我們始終是陌生人啊，上帝
我願我們從未相愛
最好從未相遇
她一定也因此日夜詛咒你，上帝
請你改變過去，或者讓她失憶
她詛咒你的罪我可以承擔
你不必讓我失憶，也不必改變我的過去
你只要把我一個人遺棄在這裏
在讓人痛苦的暮色裏
與所有可能愛上的人保持距離

二〇一五年四月十四日

錯過　　八八級地球系白雲山人陳同學

曾經年少輕狂輕易地錯過
那時不知甚麼值得擁有
忙碌奔波多年以後
恍然大悟卻已錯過
只怕這輩子是一錯再錯

當你再次出現無形的網絡
情不自禁想要對你訴說
一路走來多少困惑
多少次思念與憂愁
太多的話不知如何開口

情願就這樣默默地守候
情願就這樣悄悄地飄過
曾經錯過不想再錯
相濡以沫時光已過
不如相忘江湖珍惜擁有

是甚麼讓你如此美麗　　八八級地球系韋革

是甚麼讓你如此美麗
是未名湖的月色
還是靜園的花雨
恍惚間回到年少的從前
紫藤架下

你的笑聲你的淚
儼然已化作沁人的風景

圖書館草坪的琴聲都散了
天上還有數呀數不完的星星
俄文樓的銀杏黃了
每一片飄落的葉子都寫滿詩句
我那叮噹作響飛馳而過的鳳凰28啊
載著青蔥的歲月，青澀的你
穿過春夏定格在關於燕園沉靜沉寂的夢裏

後來的故事已經寫不出傳奇
遠在他鄉再也沒有你的消息
四月天紫色的風信子開滿山崗
回眸的剎那
桃花扇舞，崑曲低鳴
是甚麼讓你如此美麗

室女座　　八八級無線電系卓日客同學

一眼望去
你眼中淡淡的青色
就流淌在整個天空
山川與河流

諸神在清晨起舞
室女座

你的家鄉
八百萬光年之遠
你的星體運行呼嘯生風
很多年後　掠過人間四季
廝殺的戰場　寂靜的山谷

你一眼望過滄海桑田
歷史是茅草屋頂凝滿的露珠
墨綠森林的上空生長未來
每個枝杈延伸不同的時空

枝杈前的人們啊　跋涉開拓
或是傍水而居的人們
誰像醉漢般努力控制腳步
誰如被牧的羊隨波逐流
很多年前的風　諸神的記憶
是否也曾觸摸某個生命
清洗過誰的雙眼和胸膛？

即便我對未來一無所知
就像陷入無邊的黑暗
我知道我看得到你
總有一隻白鳥飛向遠方
那依稀可見的
自由羽翼上閃爍著的
是你眼中淡淡的青色光輝

攝影：楊雲健

楊雲健，北京大學英語系畢業，國際知名攝影師

一九八八——贈張楨　　八八級中文系周翼虎

九月的湖水比寶石還清澈
楓葉飄落在島上吹滿湖面如畫
走過小路撿到金合歡花
我和你相遇在一九八八

我記得你有別人沒有的顏色
你總說我喜歡對天空說話
因為我們都來自這個神秘的島
在詩句裏誕生　　在夢裏長大

那是生命中第一朵玫瑰花
我和你坐在星光下
就在這片唯一永遠記起的土地
月兒深情懸掛在博雅塔

記憶裏依舊飄滿雪花
我彷彿走不出一九八八
未名湖畔銀杏黃秋色依舊醉人
我在等你回來　我的一九八八

二，博雅藝趣

二〇一五年夏，建博雅藝趣群，集聚北京大學校友詩詞書法音樂攝影愛好者，後更名博雅傳奇。以八八級校友為主，後擴展到從七七級到八八級的校友詩歌書法群，經常分享作品，舉辦書法與詩歌雅集，線上開辦古琴與詩詞講座，也有設計製作的作品，並且舉辦義拍作品，參與公益活動以及北大校友新年音樂會與北大校慶原創音樂節等，並有自己的公眾號推廣傳統文化。

博雅詩書藏藝趣，未名桃李盡芳華　八八級法律系張楨
開蒂花草得藝趣，傳業詩書藏博雅　八八級中文系藍同學

張楨，文武同學等，起頭與博雅諸君共作建群命名詩

博雅多藝趣，詩書若有神。
燕園依稀事，幾許少年真。
臨湖瀟湘竹，何曾染風塵？
信步過齋閣，紅樓月正醇。
皓月灑江湖，丹心飲泉林。
真水自無香，名山存幽深。
楚水多青蠅，未名了一身。
卞石空離落，誰作識玉人？
江南千里遠，念之人銷魂。

為建博雅藝趣群所作　　八八級地質系文武

今夕何夕，月如鉤兮，博雅藝趣，共切磋兮。
藝者小道，關乎大兮，上庠巍巍，風氣先兮。
祭酒子民，倡美育兮。樂且有儀，未名舊遊。
鐘鼓既設，嘉賓以酬。素琴窗下，墨色案頭。
鐘鼓既設，雅座良儔，其夜未央，玉壺以酬，
啟真善美，發知情歎。瞻彼淇澳，綠竹修修。

1，古琴 —— 平沙落雁千古絕

為張楨在博雅藝趣群古琴講座所作
八八級地質系文武

博雅藝趣，賢契如雲，樂且有儀，共賞瑤琴，
山水無聲，伯牙憤之，廣陵曲終，嵇康歎之，
弦斷簾外，鵬舉憂之，談笑陋室，孟德樂之，
撫軸聞音，燕園春起，鼓瑟鼓簧，未名動波，
我有旨酒，不醉無歸，其夜未央，其眾無眠，
其夢維吉，以永今昔。

為張楨在博雅藝趣群古琴講座所作
八八級地質系文武

平沙落雁千古絕，一曲漁舟醉晚舷。
聲聲龍吟滄海急，片片梅花三弄情。
幽幽欸乃萬馬嘶，促促酒狂細柳營。
欲問胡笳悲幾許，瀟湘雲水漢長卿。

為張楨在博雅藝趣群古琴講座所作
八八級社會系王同學

我有一張琴，足以慰我心。
雨中黃葉樹，窗下白頭人。
調弦有綠袖，焚香對青巾。
莫辭更一曲，明日水雲深。

落落平湖月，洗耳祭昏晨。
曾得佳人睞，素手撫琴笙，
弦弦更切切，睦睦復卿卿。
詩書抵千石，琴棋勝萬金。
忘情豈高客，佇足有紅鱗。
更憐北歸雁，就此忘三春。

　　我們究竟要甚麼？小橋流水，絲竹於耳，亭前聽崑曲，雪中泛太湖，嘯聚同好。一席茶，一池荷，熏香遲暮，花饌青燈的雅致生活。還是功成名就江山馳騁的快意？生命富於氣象則富貴成敗都可以淡然自若，生命缺乏氣象，就顧影自憐，封閉自持。於是世易時移，有人豐富圓熟，有人憤世嫉俗，覺老天不公獨薄於己！年少時同樣意氣風發的我們，日後的處境與心境有天壤之別，就是生命氣度與氣象的差異吧！

　　將自己打開，是不拘泥於己，不受限於法，如此才能與境相應，開闊自如，更有一番吞吐，可以周彌六合，可以退藏於密！不過這也是理論，it is easy said than done！誰不追求存在感使命感呢，同困惑不滿意自己的一切才會煩惱迷茫。常常提醒自己慎且不迷失。

（摘錄修改）

2，紫檀摺扇 ── 昨日夢回

昨日夢回　　八八級國政系聞同學

和春住，人如月，香腮柳眉秋水柔。朱唇貝齒，月低頭。
如柳風，勝嬌花，纖指若蘭透骨香，蠻腰一握。花羞語。
詞銘志，畫言意，霓裳羽衣舞翩纖，平沙一曲，落雁魂
廿三載，終得和，昨日夢回未明愁。芳華永駐，沉魚醉

昨日夢回

和春住，人如月，香腮柳眉秋水柔。朱唇貝齒，月低頭。
如柳風，勝嬌花，纖指若蘭透骨香，蠻腰一握。花羞語。
詞銘志，畫言意，霓裳羽衣舞蹀躞，平沙一曲，落雁魂
廿三載，終得和，昨日夢回未明愁。芳華永駐，沉魚醉

昨日夢回　　八八級法律系劉同學

豔若潮，念若濤，霓裳羽衣舞洞簫。鳳展翅，柳彎腰。
心如禪，指如纖，蘭心蕙質芙蓉顏。皓齒明，春風前。
身似舟，月似鉤，一曲平沙落雁秋。昨日夢，未名愁。
畫有意，詩有情，詩情畫意見冰魂。風華競，醉青春。

3，團扇，團扇 —— 伊人並來遮面

遊戲作團扇詩

弦管，弦管，燕園春草路斷。只驚鴻一瞥，心波瀾。
團扇，團扇，伊人並來遮面。憶同窗送別，凝眸遠！
歸來，歸來，戀戀紅塵難現，若即若離意，何時見！
等待，等待，萬水千山踏遍，如夢如影幻，執手看⋯⋯

搗練子·詠楨　　八八級哲學系李同學

—— 依詞林正韻

爭俏豔，競風流，蝶繞蜂縈豈我求？篤志堅貞材用偉，不
言自令眾芳羞。

八八級中文系杜同學

扇，諧音為善，上決大國之風俗雅事，辟邪的吉祥物，定
情的信物，風雅的裝飾物，清涼的隨身物。

圖扇　　八八級地質系文武

居士門前千載客，爛柯棋罷一仙葩。
梅妝不羨琴台路，天子明堂笑落花。

如夢令·北大懷思

曾夢燕園春舞。心念鐘亭日暮，堪折未名枝，遙望石舫歸路，環
顧，環顧，且為真情留步！

二〇一五年春

如夢令·和張楨北大懷思　　八八級法律系劉同學

未名鐘亭夜樹，倩影依約薄霧。往事久難尋，臨湖軒竹深處。回顧，回顧，忍把真情錯付。

如夢令·和張楨北大懷思　　八八級經管系張同學

舊照仙姿未改，恍惚燕園徘徊。輕語似親撫，忘卻當時感慨。慕艾，慕艾，湖圖情宜自在。

菩薩蠻・春雨・給碧雲

江南碧柳遊絲淺，船歌雲水佳人婉。無語紫丁羞，朦朧煙雨柔。
金陵尋舊事，古韻霓裳醉。碧瓦黛牆村，飄然日暮雲。

菩薩蠻・秋殤・給林征

紅林紫塞知秋老，飄桐一葉參辰杳。霜露遠征途，琴弦亂虎符。
菱花悲冷月，寒鵑素顏雪。何日復歸家？明朝問晚霞。

點絳唇・給陰晴　　八八級地質系文武

陰翠晴雲，白裙一襲燕園路。紫藤花語，羞澀流年絮。玉
骨凝膚，碧水憑風顧。回眸處，一簾疏雨，夜靜蘭舟渡。

二〇一五年十月八日

八八級地質系文武同學謝扇宴即席詩，
我們的名字都在扇詩裏

博學英氣貞
文采吉京榮
靜雅佳人俏
詩茗才子瑩
張燈耕畫扇
爇桂舞仙笙
溢彩流方寸
點滴寫一生

八八級天體物理系孫同學謝扇詩

京城降豪雨，天地一時新。
書生意氣聚，華扇題詩頻。
絹面映絲榮，芯材取堅楨。
吟詠且赴宴，為扇有佳人。

算子詠扇　　八八級法律系劉同學

秀筆妙詩文，燈下人嬌豔。最愛燕園美少年，倩影臨湖畔。　幻夢碎無痕，露染青絲亂。歲月難消舊日顏，唯念她執扇。

4，英雄一夢滾紅塵 —— 德化窯

臨江仙‧未名傳奇

胸次擁今懷古，燕園邀月眠雲，英雄一夢滾紅塵，撫劍山河指，吞吐雲漢心。　千里離情誰問，朱絃自有知音，輕攏慢撚到黎明，露寒花盡醉，小樓月有聲。

福建德化窯

5，一盞洗凡塵 —— 茶則茶盤

秋月銀杏

夜微涼，琴飛揚。筆下夢中人，曲中千古情。明月皎皎照書窗，餘音縹緲入愁腸。　笑看紅塵千百態，蝶舞銀杏幾度秋。霽月難逢款款去，餘溫尤在。煙花易冷翩翩飛，思念不已。

　　秋月銀杏　　八八級地質系文武

　　勺海月兒真，風雲英武神。
　　多聞煮白石，一盞洗凡塵。

後記：二〇一五年夏，回燕園忽有所感，寫了一首長短句，製作紫銅燒銀茶盞，以及紫銅燒銀銀杏茶則，每盞所配之茶託，各鐫明月於其上，自朔至望，陰晴圓缺不等。紀念北大 31 樓前的銀杏。

解讀：真（同貞），未名湖的月兒很堅貞，猶記悠悠往事，歷歷在目，當年的純真、年少英姿神武、笑看風雲。如今多聞廣識，自在超然。多聞是佛教用語，阿難尊者，多聞第一。白石，仙人成道，煮白石為食。我們的每個茶託都有一個月兒，各各不同，自缺而圓。並且把相關同學的名字巧妙嵌入，祝同學們修學有成，事事圓滿。紀念我們共同的當年明月與樓前銀杏，題詩以紀。

6，紙上萬里江山 —— 影雕

紙上萬里江山

北國綠茵，同窗共讀數載，一湖碧水承英氣。風雷忽動，紙上萬里江山，無由自覺龍入海，直為席捲天下。秉燭枕藉促膝夜，長樂未央，社稷遠望豪情不止旌旗獵獵。

西門黃葉，故友飄零四方，半生辛勞負雄才。破月鉤出，心頭千般顧恨，有意但願鳳還巢，安得倒流時光。執手分離掩面處，漢宮秋月，愁腸何堪繫念空留塵世茫茫。

燕園揮手，道別一塔湖圖，四海漂泊追功名。氣吞萬里，日出金戈鐵馬，浩蕩君子拋家國，平生一簑煙雨！慷慨狂歌將進酒、春

意盎然！弱冠豈懼長路漫漫路常崎嶇。

瓊島聚首，暢飲海角天涯，五嶽踟躕夢雲煙。過盡千帆、月下茗茶聽濤、疑似故人移玉步？空留一縷沉香！隱約嗟歎再回首，秋意正濃！不惑方知年少輕狂少年情真。

二〇一五年春

禮讚吳敏達影雕　　八八級法律系劉同學

或濟精衛填海酬，滄桑山野幾世秋。
風貌催開岩中韻，姿容喚醒谷底舟。
巧使烏漆描秀髮，神來玉墨點明眸。
如水天生女兒魅，妙手化作石上柔。

吳敏達影雕作品
吳敏達，福建省級工藝大師，著名影雕藝術家

7，窯探千年火 ── 建盞

建盞

借友去建陽，建溪水茫茫。
窯探千年火，詩寫十四行。
青泥非凡胎，幽月自奇光。
持贈一泓茶，日影過西窗。

後記：二〇一六年春與數位同窗好友共遊武夷山，在八二考古系師兄收藏家、鑒賞家余師兄帶領下，學習坑澗岩茶；拜訪大紅袍傳人，拜訪福建大漆傳人八六級國政系謝師兄，師兄亦贈以親手所作漆器珍品。途徑朱子考亭書院，又在建陽逗留，聊起宋人的鬥茶，有工藝師贈送建盞，即席賦詩一首回贈。八八級經濟管理系施同學即席揮毫。意猶未盡，秋日再次來學習體驗柴燒建盞、兔毫、油滴、烏金、柿紅，感謝同學好友八八級政治學系倪同學刻印。

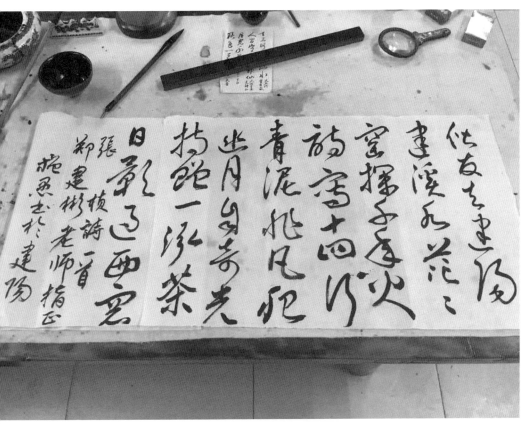

施愚，北京大學八八級經濟系校友

三，藝趣雅集

1，崑曲 —— 水袖牽離愁別緒

前言：一五年夏從歐洲度假回來，看到一幅江南煙雨的圖景，江南雨巷徘徊，回眸處，丁香透，一簾煙雨入夢，月朦朧，人窈窕。青牆黛瓦憶往事，落墨素箋難成詩，欲語還休。初衷如故輪迴度，誰在暈開伏筆處，若隱若現。興之所至攜八八級八美（幻化秦淮八豔）下江南到南京崑劇院體驗，當時借用古琴曲秋風辭的格式，為八美做嵌名詩。現在回看依然是大膽的害怕，實在拼接堆砌的粗陋。

秋風辭 · 崑曲時空

啟朱門，望下蘭舟，悠然水磨調，迤邐到西洲。一唱三歎檀板慢，卻道人間已千年。　水袖牽離愁別緒，指尖點愛恨嗔癡。愁眉鎖今生前世，難落幕。君不見時空轉換，問雲天。

秋風辭 · 致秀甜、天鴻

靜水深，暗潮湧。漢宮秋月隱，平沙落雁愁。仙樂如泉縈回久，餘音繞梁止復流。　白雲暮天青，紫塞孤鴻影。露冷徐來秀蘭芳，遺世獨立寒梅香。拈花微笑回甜眸，蛺飛蝶舞夢莊周。

秋風辭 · 給秀潔、給劍英

暮雲凝，白露潔。雁門關外遠，迢遙幾度秋。荼蘼煙霞彼岸花，
翩躚舊夢秀誰家。　水湄天涯影，月下淡清愁，重疊舊夢驚回
夜，梧桐劍雨飄彩衣。皓腕輕轉素箋展，翰墨飄香寄英俠。

金鏤曲 · 秋水軒　　八八級地質系文武贊崑曲

暖柳西窗卷，似從前，烏絲淺黛，癡心獨遣。曾記西湖三
潭月，執手姑蘇亭晚。共看盡，春風夏蔓。多少鍾情紅葉
句，奈何秋、不解別離散。枉落盡，驚鴻眼。　多情自
古秋悲遠。去還留，留字難寫，錦箋空扇。白浪孤帆雲
如雪，萬里音書了斷。空對那，海枯石爛。一痕鮫綃蒼黃
淚，掩不住、青鳥殷勤願。怎奈得，韶光剪。

霜天曉角 · 桃花扇九美嵌名詩
八八級地質系文武崑曲

秦淮洲頭，數折亭前柳。碧水雲鴻漸遠，倒不盡，青梅
酒。　霜天貞玉漏，幾度英紅瘦。一簾秀峰殘篆，揮不
去，君知否？

鷓鴣天 · 贊崑曲　　八八級法律系劉同學

桃花顏色貌絕倫，廣袖長舒婀娜身。玉笛鳳鳴輕歌奏，皓
齒鶯啼妙語聞。　撚素手，啟丹唇，萬方儀態可銷魂。百
花羞卻春獨佔，香到鵲橋最上層。

浣溪沙‧崑曲

霧裏朦朧醉柳枝，笑含花語眼含詩，婀娜嫻靜透青衣。　且借芬芳藏玉骨，撚來香韻化冰姿，柔情腸斷太相思。

浣溪沙‧崑曲步張楨師妹韻　　八五級無線電系陳師兄

秀逸蘭叢獨一枝，南音雅韻自成詩，西廂桃扇舞羅衣。湖上笠翁鍾慢曲，臨川才子夢幽姿，千回百轉惹情思。

二〇一九年六月三十

2，紅樓舊夢 —— 百年風華萬言詩

二〇一五年冬與八八同學拍北大紅樓重溫新文化運動運動神髓，人間四月天的美好。

紅樓舊夢　　八八級社會系王同學

且將啼笑對舊事，百年風華萬言詩。
文化啟蒙狂飆勁，國族救亡烈焰熾。
德賽兩君終不老，愚弱一新猶變時。
為我一掬未名水，夢過紅樓柱幾支。

紅樓舊夢　　八八級法律系劉同學

紅樓抒胸膽，眉開展玉顏。
風姿如舊日，意氣勝當年。
華妝邀故友，瑞曲動新弦。
報國心尤切，俠情慰雪寒。

紅樓舊夢　　八八級地球系陳同學

百載風雲一轉眼，回首長歎民國範。
五四青年何處尋，時人多指影劇院。

塔影湖光嶷嶷風，輕顰淺笑入畫中。
流光借我穿越夢，我為美才賦詞工。

3，生日快樂——每歡皆恨短，來去太匆匆

二〇一二年賀張楨芳辰　　佚名

芳菲不為秋搖落，猶是那年綽約姿。
步月未名花沁潤，沐風博雅柳迷離。
輕彈錦瑟縈蝶夢，笑詠韶華度壽期。
瑞雪流光頻入酒，隨君共話九張機。

二〇一五年張楨碧雲惠敏生日　　八八級地質系文武

千山瑞雪接雲虹，再上高台和惠風。
把酒吳剛共醉月，萬年貞木桂香濃。

二〇一五年張楨碧雲惠敏生日　　八八級物理系林同學

雪塔湖圖楨葉輕，碧水雲天人戀秋。
玉兔敏惠無處覓，吳剛捧出桂花酒。

二〇一六年張楨碧雲惠敏生日　　八八級社會系王同學

川無停流，林無靜禽。
楨比金玉，舒若碧雲。
少年同湖，中年同海。
日月相攜，幸甚至哉。

二〇一六年生日聚會嵌名詩　　八八級中文系于同學

天蠍擁抱射手
天蠍一路向東
張掛一楨久遠
指向射手
擊中極地的險峻

曾經，黎明只爭朝夕地來
張開懷抱，京倫的那種懷抱
抱華麗的雪峰

抱那些周正的雪，抱江裏濤聲
一路走來抱著紅的虹，紅的梅

紅梅啊
記得嗎，那些敏捷的擁抱
那時愚拙的擁抱
和
振振有詞的青春，婷婷玉立的詩文
常常
鴻篇巨章
張口結舌的賓語，都是你

如今寥落軍行，佳人若夢
偉大的王者不停開啟新軍旅
不停，走向新的方向
龍飛興躍，君如旭日
我揚起雲端，不斷為你踐行
斯地樂，呼一眾，會軍革，雁遠飛
秀色如家珍啊，整潔的兄弟們
拂曉的愛情裏，你們早就博上了誓言
也擁抱了家國春秋

藍色甘霖
走下碧雲
穿過曉燕
來到麥田

麥田裏
穎秀發於微末
榮恩留在那些清晨裏

親愛的
那首英特爾，你為我唱了吧
因為，天蠍需要射手

二〇一七年生日聚會

燕園錦瑟憶聯翩，眺塔憑窗懷舊年。
漫捲珠簾猶縱浪，歸航滄海必經瀾。
歌生舊夢多憶故，舞盡滄桑幾世緣。
仍記躊躇臨碧水，風華胸臆透霄凡。

和張楨生日　　八八級政治系龍同學

冬夜雨朦燈漸暖，恍然別夢已經年。
曾經博雅書翻浪，幾度未名自起瀾。
猶記沉吟今世故，還期漫續此生緣。
一杯淡酒情如水，飛雪長歌笑不凡。

和張楨生日　　八一級中文系張師兄

曾觀秋葉舞翩翩，未懂憂愁是少年。
名已虛傳無粟玉，湖非靜臥有波瀾。
三球最愛傾情網，九點才談占座緣。
樓舊不留難認主，客從何至怪平凡。

和張楨生日　　八八級經管系馮同學

同學少年詩意翩，一曲相隔二十年。
曾經飄零心逐浪，幾番起舞夢如瀾。
莫問相惜竟何故，唯感相知今世緣。
且將長歌擊流水，異國相聚超塵凡。

臨江仙‧第一次封筆之作，作別北京親友

舊友敘離頻把酒，燕園四載情濃。紅塵最喜故人逢。每歡皆恨
短，來顧太匆匆。　往事紛紛談未盡，身如落日飛鴻。蓬山此去
萬千重。秋思隨我意，化作暮雲彤。

二〇二〇年生日

點評：此詞淺近自然，情意真摯。其收結處，尤堪玩味。

4，古都雅集 —— 臨軒茶語燕園月

送劉使君使西藏

山高水遠人去空，倚窗回望故園東。
征衣兩袖初浸露，壯志一懷好乘風。
藏地鄉音催旅夢，南天淨雨洗晨鐘。
漫言峰絕無歸路，西域蒼茫可引弓。

和張楨送劉使君　　八八級社會系王同學

空即是色色即空，羈旅弟兄各西東。
野生蔓草團零露，雲斷高山收大風。
氣緊夜闌難成夢，日出霞滿宜聽鐘。
此間行止唯一慢，動靜等觀布達宮。

和張楨送劉使君　　八八級政治系龍同學

宦海波瀾本為空，揮鞭一別京華東。
佳人冰心淚似露，故友長歌心如風。
雪域聖湖驚旅夢，高原經幡送晨鐘。
誰言天路霧漫漫，敢馳烈馬引雕弓。

遊春

風暖人閒谷雨天，且引蓮步綠茵間。春信早到傳花事，碧樹艷陽又紅顏。
觥籌佳餚香氣濃，妙語滿席幻嫣紅。拂去紛亂心頭事，都在玉箸彩碟中。

後記：當日同學們在八八考古專業的萬館長的陪同講解下，參觀了保利藝術博物館，徜徉於商周青銅器與魏晉石刻佛像之間，萬館長曾幾次協助共同義拍博雅傳奇文創產品，支持海南、內蒙公益學校，故詩以記之：「千載滄桑問鼎，一生風月丹青。燕園當年擦肩過，而今攜手憶未名。」

區大為：香港藝術家、篆刻師

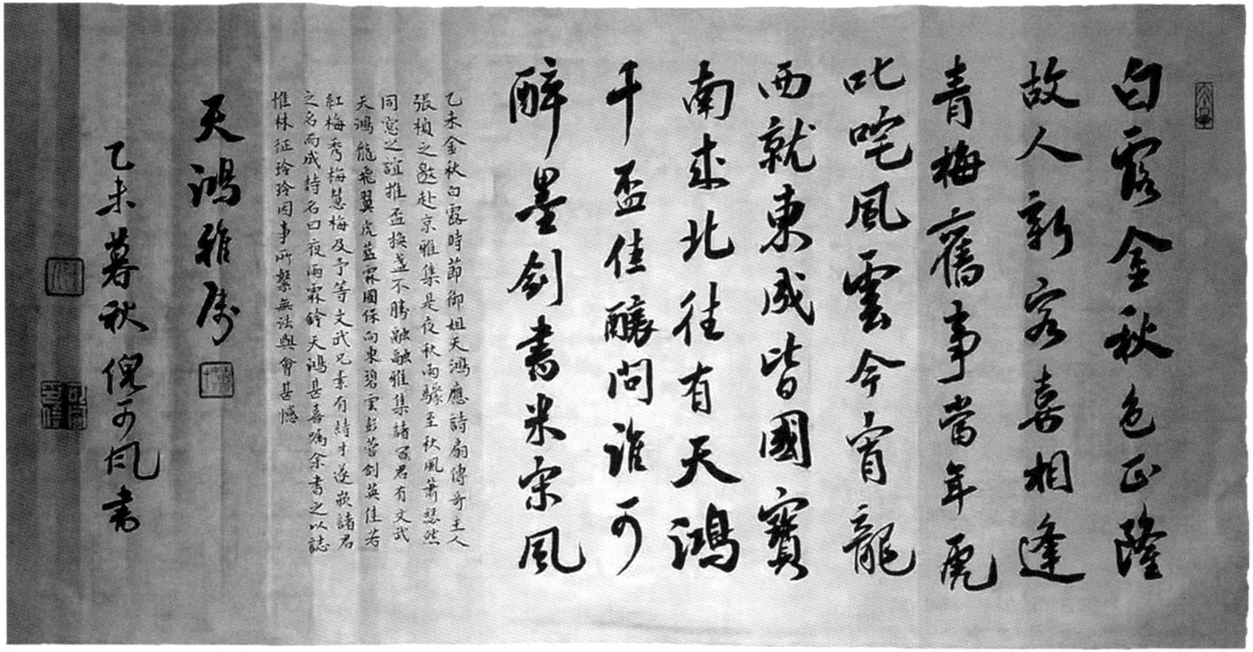

倪可風，北京大學八八級政治系校友，著名媒體人

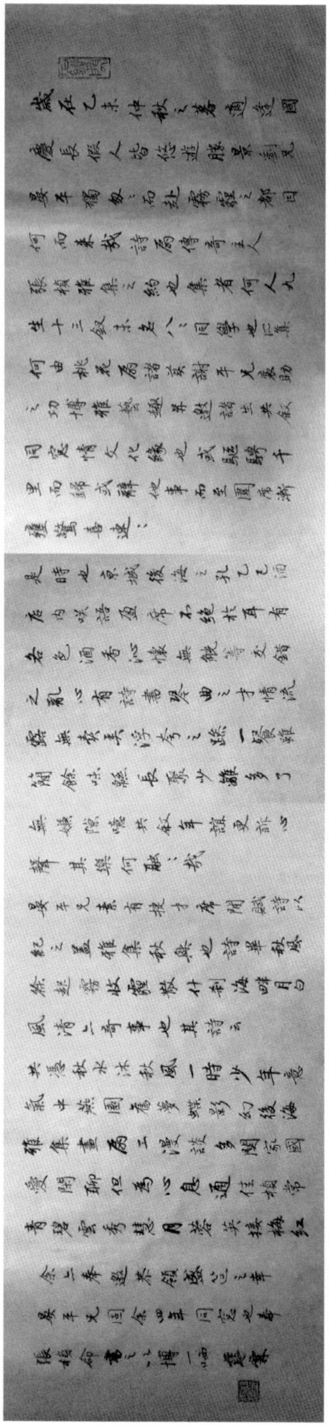

藍霖，北京大學八八級大 文系校友，著名媒體人

乙末秋寒，趙東坡應詩扇傳奇主人張楨之邀赴雅集，並尊雅囑將雅聚同學姓名嵌入長詩七絕　　趙東坡

俱懷逸興壯思飛，龍虎精神石上梅。
楨美鋒芒更雙璧，碧雲深處永相隨。
世上歡笑難固永，人間愁緒每憂長。
雲碧天青岐路遠，一楨一葉總關情。

二〇一五年冬　博雅藝趣冬日雅集遵囑記
八八級社會系王同學

華初雪霽，向晚老靄沉。半杯酒色暖，一曲琴聲新。當年逍遙客，如今爛柯人。歌酒更相盡。明日寒冬臨。

博雅藝趣　　八八級技術物理系孫同學即席

博學難適韻，雅興有知音。
藝海新潮起，趣意北大人。
才演桃花扇，又思民國襟。
排戲心神入，觀者仰浮雲。

二〇一六年春聚
八八級政治系龍飛七絕憶藝趣雅集

幾多柔情已成堆，燕園楨葉夢相隨。
他年誰人湖上舞，且看未名一枝梅。
今宵明月伴君回，芸天碧海何人歸。
戀戀楨葉未名路，情如朗潤報春梅。

北京春聚

日下春繁楊柳色，滿城瀋湯惹蘭薰。
庭園寂寂階前月，彼岸遙遙夢裏音。

簾前幾度風生雨，鏡裏一般舊錦衾。
冷暖由他塵世外，笛聲悠雅漫雲岑。

二〇一六年四月

滿庭芳·天涯北京聚會

紫禁之巔，天涯明月，仙都笑語樓台。當年書卷，壯志正橫馳。把酒千杯此夜，流光醉，玉金卮。夜飛揚，伊人何在，帳望未名池。　回首，風雷動，千里江山，離合誰知。引吭歌風月，暢懷擎杯。昔日同窗數載，休嗟歎，長路相期，看銀杏，未央長樂，蔚秀月仍歆。

二〇一六年八月

二〇一六年冬　皇城根下書家小聚揮毫，博雅迎春納福送福歡聚　　八八級地質系文武邁囑記

北國封冰鐵，何如情日貞？
圍爐溫故闕，潑墨寄新聲。
滿目琳琅福，比翼詩文盈。
我家毫瀚峻，林下市朝傾！

鷓鴣天‧北京春聚

四月京城雲影開，昆榆河畔柳枝抬。芳華有意初妝扮，春色無邊任剪裁。　花落處，染桃腮，吹襟輕雨入衣來。塵沙不隱林間路，旦暮行歌自遣懷。

二〇一七年

四，白茶紅酒碧玉刀

白茶——為八八級法律系朱同學的白茶而作

情深白茶老，夢美壽眉開。
金花相伴一杯在，歸燕依稀去復來

紅酒——為八六級社會學系吳師兄的紅酒而作

香露滴滴自晶瑩，春蕊仙雲此中凝。
沃土勤耕生軟玉，琉璃妙制映丹冰。
三杯喚起英雄膽，一捧激開美人心。
早知君來為飲客，花前共坐到天明。

和楨　　八八級地質系文武

萬頃黃沙生軟玉，七彩琉璃蘊晶瑩。

纏綿瑰露八方漫，攝魂仙魄此中凝。

醇情喚起英雄膽，豪氣蕩開美人心。

為有知音催客飲，不惜三盞換千金。

碧玉——為堂兄張偉慨贈碧玉如意之作

碧玉藏盤古，深山絕世塵。

鶉衣粗鑿出，良匠細雕真。

皴石一朝去，寒冬滿室春。

冰清流翠瀲，脂潤靝顏津。

紫匣青雲魄，錦黻靈秀神。

猶如半闋譜，直待續緣人。

苗刀——遵囑詠吳妙林師兄苗刀

奇刀出戶撒，鋒鍔更隨身。
鞘光驚草莽，鐶氣佩俠英。
斷玉如虎翼，削金似鴻鳴。
颯爽風華夢，偏從刃上聽。

詠旗袍

少時喜讀倪匡的衛斯理，裏面的女主人公名字都是顏色加絲綢的組合，為入學三十年聚會旗袍表演作

花枝藏秀韻，彩蝶舞霞裝。
黃絹柔秀髮，白素畫流光。
移步醉楊柳，揮袖襲暗香。
藍綾幻舊夢，黑紗抱清芳。
安嫻排詩韻，恬靜書雲章。
襟懷燕園夢，領帶博雅霜。
額間花跡閃，眼底玉波長。

新書——賀同學好友楊岩新書

輕染秋光博雅樓，濟濟文房畫意稠。
水墨胸懷書日月，丹青志願繪春秋。
虹光欲借描雲跡，夜色能滌點畫鉤。
半日浮生初悟道，管毫自可恣神遊。

二〇一六年九月

賀李瑩文化藝術基金捐贈暨北京大學校友詩歌與朗讀協會成立慶典

雲柳拂首過端陽，花李子墨入蘭堂。
一席風雅華章會，舉座陽春舊時光。
嘉音雅塔聲婉轉，妙語臨湖韻悠長。
好詩漫瑩身非客，燕園故夢淚幾行。

二〇一六年五月

荊楚——參加武漢北大校友會詩歌朗誦活動

七月炎炎碧草青，長虹千里京漢行。
夢回翰苑人如舊，詩到遊緣水自寧。
意氣滄浪生荊楚，長江起歌蕩未名。
一簾好雨逐風雅，秀筆煙波各縱橫。

二〇一六年七月

海南——海南北大校友詩歌及朗讀協會活動

笑意南天暢遠行，舒襟對酒會詩文。
椰香浸島雲依海，落日移霞樹掩門。
永夜樽前揮妙筆，當年月下映佳人。
華章漫吐皆錦繡，風動滄浪共一程。

二〇一六年十二月

惠州——二〇一七年十月惠州雙月灣北大七七至八八級校友聚

一灣碧水行沙印，浪卷餘霞入遠空。
燭光斗酒曾年少，柳色交懷已夢中。
孤影迷離隨海月，素衣駘蕩惹秋風。
雲歸浩渺誰知我，黃葉飄蕭自轉蓬。

二〇一七年十二月為七九級于師兄英藍新年音樂會聚

肴席非寒因酒暖，玉壺尚凝未名霜。
筆含社稷書生夢，心寄相思粉黛妝。
四載紅樓曾共箸，何時明月再同窗。
少年情事當時憾，且與功名付醉觴。

輯三：劇集

1 天各一方換此生永記
2 春夏秋冬歲月如歌之行板

這是兩段意識流般的獨白夢語或囈語，可以當作童話故事，不需要對號入座，也不是紀實，故事與童話總是會不自覺美化修飾美好的，淡化或遺忘爭執與現實。

天各一方換此生永記

　　人生路上，有很多時候我們的世界都太擁擠，無論你是知覺還是懵懂，也許都有過一段三人行的時光，更多的時候是一段踽踽獨行的苦痛日子，那些我們以為深入骨髓的痛，也許傾述與文字可以幫助自愈與治癒。當你老了，明白一生中漫漫長路也不過是彈指一瞬，也許會因為慈悲而懂得，因為懂得而釋懷。我們以為遺憾終生的錯過，上天會給你一個機會換一個時空重新來過，但也讓我們明白塵世的客旅不過是幻影，一切都是虛空。

當我愛你的時候

　　聽幾首老歌有感，七十年代的人，九十年代的情！那時候沒有微信視頻，沒有電子郵件，車馬郵件都慢，一生只夠愛一個人，一世只患一種愁：

當我愛你的時候，
醒著，依然夢到你。
疏林夕陽的山丘，
揮手後，
變回塵土飛揚的街頭。
你現在還好嗎？
是否過著你想要的生活？
我不能給你的快樂，
但願你已經擁有。

當我愛你的時候，
我把郵票貼在心上，
想像著你收信的樣子，
拆信的小手，
讀信如讀我的眼神。
從此就有了等候，
等到你的回信，
一個月就過了大半，
人也癡了一半，
等待與回味就是最幸福的感覺。

當我愛你的時候，
那些年我的腿比手還勤快
常常在路口，
盼著奇遇等著邂逅。
任憑雨雪霏霏，
我只有一輛單車，
只能在一個城市的流連。
真希望路永遠都沒有盡頭、
因為目的地就在身邊，
那是後座上的你，
還有你迎風起舞的長髮

當我愛你的時候，
那些年誰知道機場有多遠？
只看見綠色的火車，黑色的鐵軌，
劃過想睡的黑夜，想你的白天。
要見到你才能平息，
只要你在那裏，
海不大，天不遠。
見到你，
才是渡過了思念的海
每一滴雨都敲進心裏，
每一個夜晚都是日記，
所有的病都叫做相思。
曾以為思念是快的，
能一剎之間繞過地球；

當我愛你的時候，
才發現思念是最慢的，
才發現時光悠悠。
一段青春剛剛夠給你，
不知道世上有沒有人像我一樣
遠遠地安靜地想念從前
一直不願回神
滿頭華髮依然興沖沖
趕早班飛機漂洋過海
只為見你一面！

躺在最後的床頭，
房間已空，
只有一件回憶未丟：
那些年當我愛你的時候

一九八八年秋

　　當你從那個秋天的早晨走過燕園，走出我的夢境，我就認出了你，幾年了，我以為你只是一個夢，於是我有了個她，日子平凡而幸福。明年我們就畢業了，她準備隨我去南方開始新的生活，可是我卻在人叢中一眼認出了你。我的第一反應是想逃避，我害怕如何面對她，我努力想要忘記你，可是我的腳步卻一步步走向你，你以為我寫的是一封情書，其實我是和你告別，至少我曾尋覓你綠野仙蹤，輕牽你薔薇的小手告別，也許你覺得莫名其妙，那是因為你不知道，你已經在我的腦海裏陪

伴我多年……

你長於書寫，才華橫溢，這是我一生中收到的第一封也是唯一一封情書，也是最美的情書，至今都能背誦其中許多的段落。其實是那封獨特的情書而不是你，雖然你是浪漫書卷氣十足的才子，讓我在婉拒的時候有些微的遲疑。我學會了溫柔而堅定地拒絕所有的人就是不知道如何拒絕你。因為你沒問我願不願意，也沒有允許我有選擇配角還是主角的權力，就這麼被安排了戲份！彷彿一切都是天經地義，一切都是義無反顧，就等我的出現！我就是夢，夢就是我！這樣的執著使我失去了拒絕的能力。你只是來通知我，雖然來晚了，但是我們終於遇見了。整整九頁，密密麻麻爬蟲一般的字，還真不是字如其人，也沒有字如其文。多少年後都還有人說起，你就是那小說中走出來的俊美書生。當然你還是三天兩頭在我的暑假寒假時寫信給我，但那兩地書並不是求愛的情書。當然並不是我不曾再收到其他人的情書，我還是有些許情書的，遺憾的是我都來不及看是何人寫來，你已經一把奪去，看都不看撕成碎片，再揚長而去，留我一個人目瞪口呆。

一九八九年

新年收到你的禮物是一個大而可愛的米老鼠，還有一本席慕容的詩集，《七里香》，扉頁上，有你的簽名。在風中，我曾輕握你薔薇的小手，也許就是因為認識了你，我才會變得如此多愁善感，又如此習慣把自己零落的心事寫成長短句。那天我還在自習室備考第一個期末考試，你來了，帶著你的微笑與禮物。

「新年快樂！我可以請你喝酸奶或吃個煎餅嗎？」

我收拾好書包和你一起月下散步，偶遇她是我始料不及的，她

認真地端詳我，卻只對著你自顧自說話：「你不覺得她和我從前很像嗎？祝願你們能有好結局。」然後愴然離去。

「她就是你的她嗎？我和她一點也不像啊。」

「是啊，完全不同，對不起啊，讓你面對這些。我覺得很對不起她，本來說好一起去南方闖蕩，現在留下她獨自要思考如何留北京還是考研，我覺得應該繼續照顧她一段時間陪她考研結束。」

「你可以一直照顧她啊，我覺得你們挺合適的。」

燕園階前葉，銀杏秋光白裙近，年少初遇時節，驚艷，驚艷。
臨湖軒邊月，盈光傾瀉仲夏夜，窈窕長髮背影，沉醉，沉醉。
未名湖畔柳，崢嶸昔我已往矣，春去執手別離，記否，記否。
博雅塔下冰，冬逝翹首望卿歸，憔悴今我來兮，守候，守候？
姹紫嫣紅開遍，百花依舊笑東風無力，盼盼盼！
霜鬟雪鬢消磨，白髮已然結青絲成髻，歎歎歎！

信步走到燕園湖心島那個熟悉的角落，我看到一個女孩兒坐在綠色的長椅上發呆。紅紅的羽絨服，漂亮的紅色雪地靴，映著四周白茫茫的雪地中，齊肩的直髮是那樣的可愛，清純的雙眸又是那樣的迷茫。我一眼就認出了她，女孩似乎忘記了四周，忘記了寒冬，自言自語地嘟囔著：「怎麼辦呢？」許久才看到站在面前的我。她一愣，又一驚，不好意思地微微一笑，那整齊雪白的牙齒，明朗得令人欣喜。

我說：「你不冷嗎？這是燕園今年的第一場雪，你是想該不該拒絕他吧？」

我知道她為甚麼沉思，我比她自己還要更了解她，因為她就是三十年前的我。

女孩有點兒嚇到了，期期艾艾的說：「阿姨，你是誰？你怎麼知道？」

阿姨？我一怔，這才想到年少的我並不認識現在的我。

我並不多言，她現在是不能理解。

「那麼多人喜歡你，你不是都毫不猶豫地拒絕了嗎？包括那些隔壁清華的才子們？你的中學同學師兄們？告訴我，他有甚麼不同？」

「阿姨，你是會算命嗎？人的命運與愛情是否早就注定了？您也是北大畢業的嗎？您看著如此的優雅，一定是擁有幸福人生。」

「傻孩子，哪有甚麼人生贏家，神未曾應許天色長藍，人生的道路花香長漫，誰的人生不都是殊途同歸呢？別管我了，來說說他。」

「阿姨，我覺得和您特別投緣，我的心事也不想說給外人聽。我們剛剛在這裏拍了雪景，他讓我有種不一樣的感覺。想抗拒又似乎無法放棄，好像他的世界只有我，他的眼睛裏都是我。他可以為了我，放棄本來已經安排好的路，放棄畢業後即將結婚的同班同學，我不知道自己哪裏好，我受寵若驚。感覺自己如此平凡，怎麼就成了瓊瑤小說的主人公了呢？以後不會有人再如此愛我了，我覺得他是世界上最愛我的人。」

「那麼你愛他嗎？」

「我不知道甚麼是愛不愛，不過，他和我說，從前三年的感情抵不過見到我三次的激情，我不懂，這是不是見異思遷？會不會以後他還是會愛上別人，那我會很難過的。我真的很矛盾，也會怕，比如我怕他的那個她怨我，根本與我沒有關係，但也怕有一天自己也會成為她，他雖然很優秀，高大秀氣，但是我只是喜歡他愛我的感覺，而且我也不想這麼早就談戀愛。」

「那為甚麼不等等看，不要匆忙決定，你這麼可愛，一定會有其他優秀的男孩子喜歡你。」

「不行啊，他都一切自說自話，根本沒有問過我願不願意，而且如果我不答應他還要去三角地自焚。」

女孩兒說這話的時候，淡淡的自信讓她滿臉發出奪目的光芒。

我輕歎一聲，「你覺得這就是愛嗎？這話也相信嗎？」

「難道不是嗎？我相信他，他不會騙我的。」

一九八九年春車站

車站就像舞台有聚散悲歡
每個人的臉上表情在替換
有人無意留連　有人心掛牽
只有我茫然　茫然於路的兩端

過去已經遙遠現在也短暫
整理好的心情不該被打亂
隨著列車緩緩走不盡孤單
依然藏在　藏在我心裏情一段

早春二月，要開學了，和幾個呼和浩特的同學一起乘坐綠皮火車到北京，整整十二個小時。早晨六點多天剛濛濛亮，剛下火車還沒有出站，一眼就看到人群中東張西望的你，你不由分說，立刻上前牽我的手，同行的同學們問道，這是你男朋友嗎？我說不是。同學們放心地微笑，替我拖著行李繼續往前走。

「哎，讓我來吧，謝謝你們照顧她。」

「才一個假期沒有見，我覺得漫長如一個世紀。我怕自己睡過

頭不能接站，不能給你驚喜，一個晚上都不敢睡著。對不起，我因為要照顧她考研，就不能陪在你身邊。你知道我已經很對不起她，總要陪她考研，幫她打飯。現在我完成任務了，可以好好照顧你了。以後我也會幫你打飯打熱水陪你上自習。」

　　你已經旁若無人接過行李大步流星往前走，似乎你的眼裏只有我。每次遇到這樣的情況，除了按照你的吩咐似乎沒有別的選擇，我除了感動就只有被動地跟著走，似乎也開始一點點接受你的付出。有一種矛盾，一種怕又在心底蔓延，似乎你去照顧她是天經地義，又怕這樣的三人行是否是自己可以把握的局面。當我怕的時候，就只有被動的沉默與順從，完全沒有能力思索如何處理。

一九八九年五月

> 車站就像舞台有聚散悲歡
> 每個人的臉上表情在替換
> 有人無意留連　有人心掛牽
> 只有我茫然　茫然於路的兩端
>
> 人生總是常往返想要留也難
> 別去了又來只有空遺憾
> 卻見人群還不斷在湧向彼岸
> 因為好夢永遠在另一端

　　「我要回趟福建，春節陪她考研就沒有回老家陪父母，現在又在北京找到了工作。其實如果沒有找到工作，我也會留在北京陪你的，不就是沒有戶口嗎？有你就是一切！」

你敲門進來的時候，我正在縫一件短大衣的扣子。

「咦，這就是我第一次遇見你時，你穿的那件，能不能送給我？」你接過去，替我將大衣的扣子縫好，鄭重地疊好衣服。

「我送你去車站吧？」

「你送我？我求之不得，可是你怎麼自己回來呢？要倒車你也不會啊？不然這樣，我們早點到車站，然後我幫你找好麵包車，你可以打車回去。」

千萬次的叮嚀複叮嚀，生怕我找不到回學校的路，又細心地在我口袋裏放了打車的錢。

的確車站比醫院更多的面對別離，我轉身離開的時候，陽光下沒有了你的影子，突然覺得悵然若失，少了甚麼。

一九八九年六月

車站就像舞台有聚散悲歡
每個人的臉上表情在替換
有人無意留連　有人心掛牽
只有我茫然　茫然於路的兩端

望著兩軌列車彷彿走不完
前途頻頻呼喚往事夢一段
帶著多少企盼不敢回頭看
何必在意遠方
停靠著怎樣的夜晚
也許在你我之間失落了終點站
所有的前緣難續也難斷

六月你從福建趕回北京找到我，又匆匆忙忙到車站隨便坐上一輛開往北方的列車，最終護送我回到呼和浩特的家。這樣的時刻，似乎爸爸媽媽也只能感恩與默許，謝謝你好好的照顧我周全，更何況深陷你溫柔照顧情網中的我。在呼和浩特老火車站馬踏飛燕的雕像下，又匆匆與你話別，你要趕回北京儘快入職上班。我的心開始想念，我把你為我拍的燕園雪景中的一張照片，背面寫下了舒婷的那首詩，我的心裂成了兩半，一半為你驕傲，一半為你擔憂。希望照片可以一直陪伴著你。

一九八九年九月

還記得那年開學的日子一拖再拖，九月份我終於說服父母回到北京，回到你身邊，你到車站接我送我回學校休息後就去上班了。那個夏日的午後，我做了一個夢，夢見自己在一個深淵裏，看到一塊大石頭上刻著我未來伴侶姓名的拼音縮寫，從姓到名都和你不一樣，我一驚醒來，憂心忡忡地等你下班回學校，其實我一直是害怕變數的惰性氣體。在二十八樓前的合歡樹下，一樹一樹的花開艷紅，一身小白裙的我是那樣的纖細可愛，揚起小臉看著你，把自己的擔憂害怕述說給你，你憐愛地撫摸著我的秀髮，說：「我們不會分開的，不要總是怕怕的，你剛回來就胡思亂想。」

「可是大家說情感會慢慢變淡的，我怕有一天，你又會喜歡上別人，而覺得與我三年的感情也比不上見人家三天的激情，那我該怎麼辦呢？」

「你真傻，感情是不一樣的，你是不一樣的。我對你的愛，一生這樣強烈的愛只能一次，不然我們都會被愛火燒死。」

「我真的不能理解你說的那樣強烈的愛，萬一有一天我發現自

己也會如此這般愛上一個人，與你三年的感情比不上與他三天的激情，那麼我就會相信你今天說的愛，那時候我們該怎麼辦呢？你是不是會允許我離開你？」我鼓足勇氣問道。

至少我曾輕牽你薔薇的小手，你握著我的手慨然應允。

也許因為你根本不相信我會愛上別人，也許你對我控制就是從這句話開始的隱憂。誰知道命運的安排如此一語成讖。

朗朗書齋夜，青蔥爛漫讀黃卷，養就雄心一片，猶念，猶念。
清清小徑石，銀杏未期各別枝，依稀緱麗容姿，心弛，心弛。
皚皚畫舫雪，玉樹安得素手攜，明月幾度愁歌，圓缺，圓缺。
悠悠鐘亭聲，無眠倚枕度三更，猿啼山底孤城，怎生？怎生？
漫道人生如戲，塵緣已盡偏情願難棄，憶，憶，憶。
忍顧佳人無覓，天各一方換此生永記，你，你，你！

一九九〇年

秋日的傍晚，俄文樓前的長椅上，一個穿著白裙子的少女的背影，濃密的黑髮迎風飛揚，在四周鬱鬱蔥蔥的綠色，金黃的銀杏樹葉，火紅的元寶楓葉映襯下，格外的美麗。

不忍打擾這寧靜，站了許久，我淡淡的在背後說：

「你是在為他流淚吧？你是想離開又有點害怕？」

我知道她為甚麼流淚，我比她自己還要更了解她，因為她就是三十年前的我。

女孩有點兒吃驚，回頭看到我，淚中帶著笑靨如花，期期艾艾的說：「師姐，又見到你了？你還經常來北大啊？我上次看見您，以為您看著像是從國外回來度假的。」

　　師姐？我一怔，我知道到年少的我並不認識現在的我。師姐總是比阿姨聽著親近些。

　　「是的，我從美國留學回來，最喜歡燕園的秋景，在這裏尋找自己失落的夢，散散步能夠遇見你，聊聊天就更好了。你已經是大三的學生了，讓我看看，嗯，眉宇中少了些稚氣，白色的倩影，身後一群躁動的紅色的少年。青春靚麗最開心的日子，為甚麼失去了從前明朗的微笑呢？你知道嗎？你笑起來多美！」

　　「我不知道，我感覺愈來愈沒有自己，一種窒息壓著我喘不過氣息，雖然我的閨蜜們都說我是無病呻吟的甜蜜的窒息。哪裏有甚麼紅色的少年，基本上沒有同學和我說話，我也沒有異性朋友，我再也沒有收到任何情書，因為大家都知道我已經有個他。而且我除了上課，已經不參加任何班級或系裏的公共活動，因為怕他會不開心。他每天下班都回學校來陪我，風雨無阻。剛開始我很感動，他給我足夠的安全感，沒有因為上班後，有了更廣闊的天地而疏遠我。出差都會天天打電話，估計比我還煩的就是樓下的老太太，天天喊三十一樓 431 張楨電話。」

　　說到此處，她撲哧一聲笑了，還是那麼可愛。

　　「他每個月領到工資的第一件事就是買各種東西給我。你看我今天的白色孔雀裙，大家都說美極了，是燕園的一道風景有點過了，但是的確我很喜歡。」

　　說著，她看看四下無人，站起身來轉個圈，牽起裙角行個禮，在綠樹掩映中如同綠野仙蹤的小仙女。

　　「但有時候我會期待如果今天雨雪再大一些，他就不會來了，該多好。當我這樣想的時候，我又會自責，難道他對我還不夠好嗎？我究竟要怎樣才開心？」

　　「為甚麼你不和他說呢？也許適度保持距離，你有些空間，他

也不需要經常奔波，也許是他想給你更多安全感呢？說明白了，豈不更好？何況要熬過多少寒窗苦讀才換來在這裏的四年，怎能虛度時光呢？」

「哦，師姐，他還是鼓勵支持我好好學習的，回學校也是陪著我自習，我的成績還是他引以為傲的，我可是拿了大學獎學金。只是呢，大家現在都是忙著談戀愛或加入托福派，我一個學俄語的，真羨慕您可以去美國留學。

而且我不知道怎樣開口，我試著說，你累不累，是不是不要經常回來學校了，免得累了，影響第二天工作。他說，你甚麼意思，煩我了嗎？我這麼折騰還沒有嫌煩呢？再說看見你，我就不累了。他為了可以多陪我一些時間，經常不回單位的宿舍，要打遊擊般地到處借宿。第二天早早起來搭公交倒地鐵去上班，我真的不知道如何拒絕而不讓他不高興。我總覺得欠他的太多，只能盡力，一切都按照他的心意。」

「這個感覺很奇怪。為甚麼相愛的人會覺得虧欠或怕呢？」

「不知道，我就是覺得會怕他，怕他不高興，怕他失望，怕他覺得我沒有他想像中的那麼好！這應該也是愛吧？他不知道我在哪個教室自習，會一間間去尋找。那天我和宿舍同學一起在三教自習，偶遇一個公共俄語班的男同學，僅僅是禮貌地打個招呼，恰巧他找到這間教室，狂怒地要去找那個同學理論。我簡直不知道發生了甚麼事，他說隔著窗看見我對那個同學嫣然一笑。從此以後我不會輕易微笑，我只能等他下班到了學校，幫他到食堂打飯等他吃了飯，才一起去自習。我也會怕飯都涼了，或者飯菜不合口，他會不會又不高興。」

「你是害怕會失去他嗎？他如此待你，你應該很有自信，他不會輕易離開你，你很有安全感，平等地去和他溝通啊？」

「我不是怕失去他，有時候真希望他突然變心了，我就自由了，有時候又害怕他真的變了心，我去哪裏找如此愛我的人呢？那我就會完全不相信愛情，也不相信自己了。當然他沒有在學校的幾個小時，我是自由的，也沒有人監督我。可是既然答應和他在一起，我就會盡我所能忠於自己的諾言與選擇，不跟別的男生說話，不對別的男生笑。」

「傻孩子，極度的控制並不代表最真最多的愛，我也不能說他不愛你，或你不愛他。但是你要明白，愛首先是吸引，然後是彼此在一起最舒服的感覺，怕一定不是一種舒服的感覺。每個人的個性不同，年少的你們性格有很大的可塑性，愛是彼此成就，彼此成全，我們因為愛而變成更完美的自己，而不是活成對方希望的樣子。」

「可是除了這些，他都很好啊，我不知道如何讓他改變，我只能不斷改變自己來適應他，只要他一直如此把我當成小公主一樣寵愛著，我就滿意了。當然偶然還是會黯然神傷，悄悄地流淚是我唯一可以做的，我的傷感無人能懂，有誰可以助我脫困呢？我是無力抗拒的，也容不得我抗拒。

有一次表弟來宿舍送些水果給我，他和我同年，在政治系讀書，正好他下班過來，很認真地說，你表弟看著你的眼神不對，以後還是少來往吧？畢竟你們只差一個月，而且不是親表弟，現在姐弟戀也是很流行的。說完意味深長地看著我。我些微地抗議一下下，他是我表弟啊，你不要想太多了好不好。他說你還小，不懂事，我也是為我們好。從此以後非必要我不再和異性說話。

可是我真的好怕，怕有一天我都畢業了，既不熟悉老師，也沒有幾個同學當我是朋友。這和我在高中時讀的《青春萬歲》，《女大學生宿舍》，充滿期待的日子完全不一樣，我來這裏難道只為與

他相戀嗎？肯定不是。你說畢業十年後會有人記得我是誰？我曾來過嗎？

　　所有的日子，所有的日子都來吧，

　　讓我編織你們，用青春的金線，

　　和幸福的瓔珞，編織你們。

　　有那小船上的歌笑，月下校園的歡舞，

　　細雨濛濛裏踏青，初雪的早晨行軍，

　　還有熱烈的爭論，躍動的、溫暖的心……

　　是轉眼過去了的日子，也是充滿遐想的日子，

　　紛紛的心願迷離，像春天的雨，

　　我們有時間，有力量，有燃燒的信念，

　　我們渴望生活，渴望在天上飛。

　　是單純的日子，也是多變的日子，

　　浩大的世界，樣樣叫我們好驚奇，

　　從來都興高采烈，從來不淡漠，

　　眼淚，歡笑，深思，全是第一次。

　　所有的日子都去吧，都去吧。」

　　女孩兒說著又站起來，朗誦了這首詩，清亮的雙眸寫滿了期望與失落。

　　「啊，師姐，我要回俄文樓上俄語課了，我們的俄語都是晚上七點的課，我才可以有這個空閒透氣發呆。」

　　望著女孩離開的背影，我坐下來沉思良久。閨蜜們都說我是非常溫柔，總是體諒別人，希望討四海八方的喜悅，我這一生都是如此信奉這樣的為人與處事，從來沒有虧欠甚麼人。無論我心裏累積了多少的不滿與疑問，幾百個日子裏，我從來沒有發過脾氣沒有

過爭執，一直想活成你想要的樣子。如果當時你可以給我一點點空間，一點點自由，一點點信任，如果當時的我們能學會如何去愛，一切就會不同。奈何人生沒有如果，有的只是錯過，遺憾，與彌補。可我這樣一個柔情似水的人，偏偏被男同學們以為是目空一切的冷美人。因為我從來不多言不微笑，直到三十年後的同學聚會，才有人借著酒酣告訴我，我是他們少年時傾慕的女子，男生宿舍臥談心中的女神。只是以為我太高冷了，讓人卻步。原來天空中沒有留下翅膀的痕跡，但我已飛過。

一九九一年夏

那一天中午，你看到我，眉眼中都是歡喜，我忐忑不安醞釀著情緒：「我有點事想和你說。」

你說：「不急，我先去打飯給你，飯後再說，你好幾天沒有來我這裏了。」

我在你的宿舍里來回踱步，思考著如何開口，正好在窗口看到你端了兩份飯。下雨了，你用你的飯盆替我的飯盆擋雨，一個小小的溫柔舉動，卻擊潰了我組織了很久的語言陣勢。

下午六點

咦，你怎麼來學校了？我看見你滿臉不悅。心想暴風雨總會來的吧。已經沒有了從前的忐忑不安，我想是愛讓人勇敢吧。

「系裏的老師給我打電話了，說你要申請去甚麼廣東的海關工作。還說中午經常看見你和另一個男孩子在一起吃飯，讓我不要操心你的工作分配了。」

「是的，我一直想和你說的，對不起。……我終於也明白，的

確世間有不一樣的愛，三年的感情比不上三天的激情。當年我們在二十八樓前的合歡樹下說好的，如果我喜歡了別人，請你放手讓我走。」

「那樣一個花花公子，他會和我一樣愛你嗎？他會給你幸福嗎？他或他們家會給你安排工作嗎？」

「他不是花花公子，我沒有和他討論過未來的工作與安排，但是我知道我喜歡他。」

一巴掌重重地劈在桌子上，我看見你的手立刻紅腫了起來，心下不忍，但是已經不能後退了。

「不行，我要去找他，和他算帳。」

「求你了，不要這樣，我們都不知道人家是甚麼情況，你怎麼能去折騰呢？」

「你都不知道人家甚麼背景，你就這樣去喜歡他？你嫌貧愛富，貪慕虛榮……」然後就是一連串的咒罵。很久很久，我只能沉默，卻也沒有後退。

我心想，愛就是不問值不值得。

你終於走了，我如釋重負又悵然若失。

晚上十點

「這麼晚了還有人敲門？」

「你怎麼又回來了？」

「我根本沒有走，我沒有辦法離開，我不能沒有你，我不知道該往哪裏去，如果沒有你，一切都失去了意義，我失去了努力的力量。我相信你對他只是一時迷惑，我才是真正愛你的。只是我從前管你太嚴格了，那也是為你好，你還小不懂事，你就是逆反了，我知道你愛我的，不會真的要離開我。你要去廣東，是不是因為人家

要去香港？你們不會有結果的。或者你給我一個機會，等我安排好你北京的工作，如果那時候你還決定和他在一起，而他也在等你，我就不再阻攔你。我答應你父母要照顧好你的，一定要給你在北京安排好工作。」

未名湖是海

那個時候未名湖是海
所有的溫柔盈滿少女的情懷
美麗的心情和俄文樓的春花
都心甘情願只為一個人盛開
鐘亭的暮色在癡情中徘徊
微雨中的青石板相擁走來
是誰佔據了你四季的流轉
看見他就看見了全部未來
風雨如晦
雞鳴不已
既見君子
云胡不喜
隱隱的心痛在歲月中襲來
獨自的漂泊孤傲成全世界
不去想曾經的是對還是錯
也不問當初的應該不應該
紅塵已記取你的癡心不改
是誰在靜靜守候你的歸來
歲月的流水只為詮釋等待

你去看看未名湖依然是海

蓼彼蕭斯

零露瀼瀼

既見君子

為龍為光

三角地的長椅上，來來往往熙熙攘攘，女孩這次居然坐在這裏哭泣。那麼美麗的長髮居然剪成了齊耳短髮，和初進校時一樣，又不一樣。

我上前憐愛地環抱著她，微微一笑，說：「我就是三十年後的你呀，回來看看你。」

女孩兒不可思議地打量著我，忽然熾烈的眼神凝望我：「那你告訴我，我後來究竟是和誰在一起了？是和我最愛的人嗎？還是最愛我的他？」

都不是，從我低眉的黯然中，她好像領悟了甚麼：「我就快畢業了，一切都來不及了，我好怕，不知道該怎麼辦？如果我就是學校裏的校花女神，有很多男孩子追求我，是否我的命運就不一樣？」

傻孩子，你覺得只要美，就能獲得愛，就能獲得幸福嗎？那世界上還為甚麼有「紅顏薄命」這個詞呢？你以為只要有男孩子追求照顧就可以幸福了，那為甚麼還要苦苦掙扎擺脫他呢？我雖然心裏想著，卻不忍心說出口，而是把惆悵化成了一聲輕笑說：「有一天你會知道，人生是自度度他的使命與經歷，我們可以依靠與改變的就是我們自己，完善自己才是幸福的開始。有一天你會知道，即使你成校花女神，很多男人為你癡狂，如果你不能明白你想要的是甚麼，你依然還是會苦苦追尋答案而無果，如同今天的我，也是在尋夢而自度了悟的過程中。」

「我哪裏會奢望成為校花和女神呢？最美好的時光已經匆匆而逝。」

「會的，都會的，所有失去的都會以另外一種形式回來，你只要努力追夢，明白自己內心的夢。人生不要怕，怕也沒有用，只能勇敢地自己面對一切。」

女孩伸手想要觸碰我的手，卻看著我慢慢消失在人海。

一九九二年

自從我答應你離開他，留在你身邊，你一直為我畢業留北京工作而奔波，最後你還是不得不請你的上司出面安排我到你所在的部委工作。我在想，也許我當初的選擇是沒有錯的吧，我經常在聽陳淑樺的一首歌：

欠山欠水欠你最多
但願來世有始有終

日子在默默思念他與暗暗自責中度過，小心翼翼地討你的喜悅，並不是為了這份工作，而是我也認為沒有人比你更愛我，是我自己辜負了你，讓你有那麼多的苦痛掙扎。

然而好景不長，不知道哪天起，你開始了沒完沒了地折磨我來釋放你心裏的苦。那是一段至暗的時光，外面春光明媚，我卻如履薄冰，你變臉如同變天，一個不小心，就會有無數的話語，除了見異思遷就是愛慕虛榮，我剪去了長髮，憔悴到不盈一握，都沒有勇氣說要離開你的話，甚至沒有表現生氣或發脾氣的勇氣，不是因為我已經失去了他，而是因為我不喜歡辜負人，尤其不喜歡虧欠人。這苦痛也許就是我辜負你應當承受的吧。

一九九三年春節

　　其實常常覺得愧對父母，少小離家，不能承歡膝下，遠遊多年，平添父母多少白髮與擔憂，常常責問自己可以為父母做些甚麼呢？甚麼都沒有啊，甚麼都不能。也許我唯一做的就是不讓父母為我擔憂，報喜不報憂。我也不知道這樣對不對，至少我最開心的是與我的女兒一起成長，分享她的所有喜怒哀樂。

　　這個春節的衝突完全是始料不及。

　　你堅持要來我家過春節，還帶了各種禮物，我以為你是要求婚和好，結果你是將日常折磨我的話語，來指責我的父母教養了一

個見異思遷嫌貧愛富的女兒。那天的場景經常借著惡夢回來找我，後來父母一直勸我原諒你，說當時的你不過也是個孩子。可是我已經出離憤怒，忍無可忍。假借單位有急事，第二天就買了火車票，我催著你一起回北京，這是你第一次見我如此堅持，也許你也是後悔這樣的局面，我不得而知。我只想儘快帶這個人離開我家，讓父母可以安心過年。如何能心安啊？等我自己有了女兒才能懂得為人父母要把操碎的心粘起來繼續過日子，天天心懸著又無可奈何的無奈。火車上我就高燒不止，下了火車，上了長安街，出了地鐵，我拿出最後的勇氣吶喊：

「我無愧於你，也無悔愛他，我不再覺得對你歉疚，和你在一起的每一天我都努力活成你希望的樣子。對不起，我太累了，我沒有做的很好。現在我只想自己安靜，請你不要再來打擾我。我一直認為你是最愛我的人，是我對這份愛寄予厚望，我對你和你的愛有著不切實際的浪漫幻想，以為只要有你，有這份愛就讓我變得不同，不平凡。所以我怕，怕失去你，怕失去這份情，用我的所有來珍惜。對不起我不是傾國傾城的美女，但卻傾盡所有，我真的好累好累。你從來不問我究竟在想甚麼，怕甚麼，如今我知道了，你並不知道甚麼是愛，你也沒有你自己以為的那樣愛我！

當時是你求我不要離開你，我答應了，不是因為他不愛我，是因為我不忍心你一個人的付出沒有結果。十八歲懵懵懂懂的我能接受你的一切，你從前就有個她，而我與自己心愛的人，都不曾來得及牽手，我不知道你既然說深愛我，為甚麼不可以釋懷，為甚麼沒有失而復得的那份彌足珍貴？而我的逆來順受只換來你的冷嘲熱諷，以至於你所有的哥兒們都看不下去你如何待我。無論是學校的，還是單位的哥兒們，大家都已經告訴我，你現在又有另一個她，是你的女同事，你以為我不知道嗎？這難道不是又一次三年的

感情不如見面三次的激情嗎？這是我一直以來最怕的，可是當真的發生了，我並沒有惶惶不可終日，我只是希望你開心就好，我甚至盼著你可以因為她而離開我，我就解脫了。每次我都真心祝福你啊。究竟是誰辜負了誰？是你要堅持讓我留在北京，不是我想要留北京啊，如果你覺得我欠你的，那我現在還給你！請你不要再來打擾我與我的家人，我不再需要這份工作，我要自己學英語去美國！對，是去找他，雖然我不知道他現在哪裏，只要我努力！愛就是不問對與錯，愛就是不計較得失結果。」

　　於是我毫不猶豫地一頭撞向對面的磚牆，立時血流如注，後面的事情，我已經不再記得，你如何抱著我痛哭。

　　終於你決定流浪幾天去放空思考未來的路。

　　「這些天的流浪，我理清了自己的思路，對不起，我不能讓你辭職獨自去闖，請你留在這裏。」

　　「你的好意我明白，沒有必要，我一定會離開這裏，我們的故事在這裏已經沸沸揚揚，我要去追夢。」

　　「也不僅僅是為了給你一個安穩，我要和她一起去深圳了，我並沒有承諾甚麼給她，並不是你想像的與你三年的感情不如見她三次的激情，我沒有變心，可是我不能再陪著你了，彼此都太痛苦了。我留在這裏，明知道你已不再愛我，我原以為自己只要留在你身邊就心滿意足，或者時間總會讓你回心轉意，可是我控制不了自己的痛苦與妒忌。對不起，你愈安靜逆來順受，我愈痛苦。我走了，可在我心裏，我們沒有甚麼區別，你好好的，如果有一天我成功了，我的所有，都有你的一半。」

　　在路口我們最後一次緊緊擁抱，我也哭了，淚水爬滿了彼此的雙頰。這些年愛也罷，痛也罷，畢竟是至親至近的人，真的就這樣撕開分開了嗎？那時候滿街都是《霸王別姬》的主題歌，彷彿是傳

唱我們的故事：

>　我對你仍有愛意

>　我對自己無能為力

>　人生沒有我並不會不同

>　人生沒有你會不同

>　忘了我就沒有痛

>　忘了你也沒有用

二〇〇五年春

虞美人

　　難逢易散東西遠，思念如雲卷。夢中重現見時歡，只恐醒時思念任闌珊。　一聲彈指催人老，何事歸期杳。幾番離合總無因，已是十年蹤跡十年心。

　　我終於回到了北京，我決定暫時留在北京。他送我來上班，就一直等在樓下，等著接我下班回家。

　　「今天第一天上班，這麼快就下班了？」

　　「不是的，我應該不到這家律師樓工作了。聽說我前男友是這裏的合夥人，我想我還是應該迴避一下，而且大家都是北大法律系的同學，似乎人人都認識我們，知道我們的故事。」

　　大家肯定已經在傳我們的故事，人人都愛八卦，對大家來說無傷大雅的八卦，對當事人而言卻是心中的累累傷痕。猶豫良久我撥打了新同事提供的你的手機號碼，結果是她接的電話，我立刻聽出來是你從前的女同事的聲音，原來你們還是在一起了。原來曾經愛得死去活來的不能天長地久，而看似若有若無的卻能舉重若輕細水

長流。一刻鐘後你出現在我面前，長安街還是那個長安街，而你我已經物是人非。

「為甚麼都是你說了算，為甚麼你永遠都是對的？」我終於有勇氣再次吶喊，把所有的遺憾一股腦道出，這一次的遺憾，不是為了你我他她的故事，而是遺憾自己怎麼還籠罩在你的陰影之下。從前大學四年只能圍著你轉，認識的都是你的朋友，現在工作，還得承受從前的八卦，我以為人們早就不記得我是誰，沒想到還有人津津樂道那些陳年舊事。

我看到你本來開心激動的面容，瞬間變成濕潤的雙眼，親耳聽到你再次說對不起，我憤懣的心又頃刻化為不安。似乎我還是有點怕你的，不希望你失望，不希望你不開心，這應該也是一種愛吧。

你眼中的眷戀與溫暖是明明無法否認的存在，你問我，明天甚麼時候再來看我，我說沒有明天，讓我們來生再聚吧。

你說，今生沒有緣分在一起，是無福與我相守，只要我幸福，我們彼此都幸福就好。但是來生還要和她結為夫妻，因為不累，最和諧的關係是舒服，不會情緒失控。和我在一起的日子，每分每秒都怕我不高興，每時每刻都擔心會失去我，每天都要小心翼翼地守護我，看我的臉色，而我從來都不是很開心的樣子。後來的日子，更如同一塊沒有心的木頭，太累了。如果人生僅有三生三世，我們的故事不知道是留在前生還是期待下一個後世吧。

我真的很愕然，究竟是誰的錯？是誰在愛著誰，誰在怕著誰？怕也是一種愛吧？我哪裏是不開心，我只是忘記了如何微笑。或許只是年少輕狂的你不知道如何去愛，心中的情感太激烈波濤洶湧，如同真氣走火入魔無法平順。而我彼時太幼稚，以為自己在一個人心中是如此的重要，就是如此被深愛，如此太在意自己在他心中的樣子，而忘了自己原來的樣子。

　　終於我們變成了最信任的朋友，你還是我最親的外人，你不再妒忌不再暴躁，只有不遠不近的關懷，有時候關懷是問，有時候關切是不問，就是默默的守護與遠遠的注視。你甚至可以傾聽開導我最隱秘的心事與情感，在我無助的時光給我最大的安慰，提醒我在人生的兩難中如何選擇：

　　「你還記得我們當年在路口分開時的誓言嗎？」

　　「當然記得。你說過，你對我的愛沒有區別，如果你成功了，會分給我一半啊。」

　　「可是現在的我，只知道我所有的努力與獲得都與我的孩子息息相關，不再是你，我是會關心牽掛你，懷念從前，但也只是某些個恍惚的晨昏，才會憶起當初。當時的情是真，現在的現實也是真。愛如果沒有與現實一起成長，都是虛無。那麼你也會明白，世上大多數男子，我相信與我一樣，不是沒有了愛，而是現實束縛了愛的能力。

　　在我家人生病困難時，你真心想要幫助我們，當然我最後還是選擇放棄了與你一起工作。是你讓我依然相信人世間的美好與愛，溫暖我繼續善良前行。一切如同你的這首詩，光陰點亮此刻長安街的燈火璀璨。

光陰

（法無去來，朱顏自住在昔）

　　再長的光陰

　　對你我

　　只是那初相遇的因緣

　　宛如四季輪迴

不知是誰約了誰

再長的光陰
對你我
只是那初發心的青澀
宛如大地生髮
不知是誰綠了誰

再長的光陰
對你我
只是那初同窗的眺望
宛如星光燦爛
不知是誰暖了誰

再長的光陰
對你我
只是那初遠行的豪情
宛如江湖相忘
不知是誰別了誰

再長的光陰
對你我
只是那初夢回的眷戀
宛如鄉情怯怯
不知是誰憶了誰

再長的光陰
對你我
只是那初老去的躁動
宛如禪悟寂寂
不知是誰懂了誰

再長的光陰
對你我
只是那初珍藏的寒暄
宛如落葉歸根
不知是誰醉了誰

當年舊跡無悔縱青
春天涯遠郎君近燭
情愁祇一瞬蘭心誰
忽以去明復夢忘記
而曉顧朝日會重章
戀恩義含無奈永無
秦難然人心底血眼
中淚自品味子一身
一懷深情事通山川
了此生終難顧馮誰
問怨閒紅塵棋頭里辰
依舊閒不盡夜夜淚
痕隻影飛去遠盡雨
翅相思萬里遊雲

乙未冬月樂之齋主人陳通慶恭錄

春夏秋冬歲月如歌之行板

兩難

　　當年舊跡，無悔縱青春。天涯遠，郎君近，熾情愁。只一瞬。蘭心誰知曉，醒復夢，忘猶記；恐此去，明朝日，會重輪？沐雨櫛風，姹紫常相伴，玉嫩芳容。問今生何屬，瓊懷何處存，寄語檀郎，望山盟。

　　綺懷恩義，無從捨，無從合，惱煞人！心底血，眼中淚，自品味，子一身。一懷深情事，遍山川，了此生。終難願，憑誰問，怨紅塵！樓頭星辰依舊，閃不盡，夜夜淚痕。只影飛去遠，盡兩翅相思，萬里遊雲。

> 靜靜的園中有兩條路
> 兩條路有不同的景緻
> 我選擇一條走下去
> 回頭想想另一條
> 該是一段不同的人生

　　少年時讀《神雕俠侶》，程英在紙上一遍遍寫著：「既見君子，云胡不喜？」明知道不可以，心事卻不由己。不覺感歎太癡。卻不知幾年後，我會把這話刻在腦海裏心板上一生一世。

　　少年時看《射雕英雄傳》，羅文、甄妮對唱，肯去承擔愛，把穆念慈對楊康的愛與痛演繹得無怨無悔，卻不知幾年後，這首歌會

在我耳畔縈回無數次：

> 我是寧可拋去生命
> 癡心決不願改
> 早已明知對他的愛
> 開始就不應該
> 卻願將一世交換他一次真意對待
> 為了他甘心去忍受人間一切悲哀，
> 我心中這份濃情，沒有東西能代，
> 肯去承擔愛的苦痛，敢去面對未來

少年時讀《紅樓夢》，雨中有人一次次在地上寫一個名字，然後讓雨水洗去。我覺得太癡，情深不壽，自己必不會如此，我喜歡的是笑傲江湖的瀟灑隨意。卻不知幾年後，會用俄語一次次隱隱地寫著自己的心事。不能表白，不能傾訴，也不能讓人懂。這是一場痛徹心扉的暗戀，拒絕說出口。如張愛玲寫與胡蘭成相戀時，低到塵埃裏的愛，偏偏無計可消除，才下眉頭卻上心頭！

八八年九月的那一天，只是一眼，我們便已認出了對方。你的凝眸，我的淺笑，都成了歲月裏的驚艷，定格在了那一天。為了這場重逢，彷彿已經等了千年。然而我們都太驕傲太自尊，都在等對方邁出主動的一步，也知道上天會安排一個契機開始一段情，只是不知道哪一天開始？這等待蒼白了滾滾紅塵裏短暫而永恆的摯愛。此後多少次與你相逢在開滿迎春花的小徑，凝眸在一堂堂課裏課外，你是快馬輕裘驅車從我身旁揚長而去，我依然白裙素紗低頭漫步行走，任時光就這樣從指縫中流過。三年一千個日夜幾度春夏秋冬似乎就這麼過下去了。這等待使我終於身旁有個他，而你終於離

開了她。

少年時無數次在心裏在紙上默寫席慕容的〈一棵會開花的樹〉：

如何讓你遇見我
在我最美麗的時刻
為這我已在佛前求了五百年
求佛讓我們結一段塵緣
佛於是把我化做一棵樹
長在你必經的路旁
陽光下慎重地開滿了花
朵朵都是我前世的盼望
當你走近請你細聽
那顫抖的葉是我等待的熱情
而當你終於無視地走過
在你身後落了一地的
朋友啊那不是花瓣
那是我凋零的心

年少的我們願用一切代價換來今生同行，於是我半生飄零，你半生坎坷。

九一年仲夏夜，你說我是你一生的眷戀，因那一泓清澈在我眸中流轉，鎖住你滿滿的思念落我眉睫。朗月下，你說我是夢一樣的女子，長髮飄飄，霓裳翩翩，起舞弄影。而你是玉樹臨風笑容清絕的少年！松風水月般清華，仙露明珠般朗潤。

你陪我走過 31 樓銀杏滿地的金黃，在香格里拉飯店亭榭水池邊迎著秋風中喝一杯溫暖的咖啡。你沉醉於我長髮迎風飄揚的美，

在香山紅葉如火時，背著我下山，我伏在你背上的幸福時光那麼短暫，溫暖卻那麼長久。

你陪我在寒冬初雪的黃昏在莫斯科餐廳過生日，約定每一年的今天都來此。因為我是學俄語的。誰知道再同來要相隔多年！你陪我在冰上起舞，寒風中排隊買糖炒栗子，放在懷中溫暖著一粒粒剝給我。你開始每天留在學校宿舍，我每天推窗看到樓下仰望守候的少年，幸福在心底蔓延。平常的日子如風和煦，你陪我上課，伴我自習，陪我吃素，教我打球，冬夜裏送我回宿舍樓前，每次溫柔地為我繫圍巾，那溫暖彷彿一直都在。

你陪我走過未名湖的春日，在花神廟的紅磚與綠柳中輕牽我的手，我們驅車風馳電掣穿越初春的燕園，長髮隨風飄揚，驚艷無數人的回眸，夏日在遊樂場的大觀覽車裏俯瞰京城擁我入懷。

沒有甚麼緣分可以維繫一生，再華麗的筵席也會有散場的那一天。

第一次兩難，在恩義與愛戀中我選擇了恩義，選擇了不讓他受傷。因為我以為，你擁有一切，可以承受沒有我的歲月；而他的世界只有我，我的離開會讓他崩潰。你無語沉默，在我們常去的全素齋吃飯告別，你說要去香港或日本，以後的日子沒有辦法陪我吃飯，為我夾菜了，如果想起你的時候一定要多吃一些，一定要去吃一次葷菜。我們在木樨地的地鐵分開，我們會選擇不同的方向，誰的地鐵先到誰先走，都不許回頭，你的車已至，你卻不忍離去，我的車到了，我無語轉身淚流滿面，不敢回頭，隔著緩緩離開的車窗看到你追趕車的方向，讀到你的唇語是那不曾說出口的三個字！我感覺一生的幸福已經抽絲般離去。我覺得我的一切都失去了意義。年輕的你我自以為知道甚麼是愛，甚麼是對錯。

兩年後的相遇是個偶然意外，還是生命的必然？那段剛剛在北

京上班的時光愜意，夾雜著淡淡的憂傷。白領麗人的日子，每天除了工作，就是讓心情決定與誰一起共進晚餐。終於平靜地送走了他，如釋重負也悵然若失。可你呢？究竟在哪裏呢？我們還有再重逢的一刻嗎？即使塵滿面，鬢如霜，天涯海角也要等你。一次次拒絕了命運的安排，有的是京城非富則貴的青年才俊，可是我都不要，如同金庸《白馬嘯西風》裏寫的，這些都是很好很好的，可我偏偏不喜歡。

　　九四年早春，從西湖回到北京，不覺念起從前的種種，坐車繞道在你家附近熟悉的街道，空氣中充滿熟悉的味道。於是停車信步回眸，你就在身後！四目相對恍如隔世。

　　接下來的日子如同張愛玲的《傾城之戀》，跌跌撞撞中前行，小心翼翼地試探，我們都不再是學生那麼單純，橫亙在彼此間的障礙都知道，卻誰都不去觸碰，又不忍不捨再次分開。我們已經錯過了花開蓓蕾的早春，難道還要錯過枝椏滿樹的夏天？那時候以為兩年已經很久，卻不知道下一次分離是十年生死兩茫茫。我們之間更多的是靜靜地沉默，你讓我反覆聽一首蔡琴的歌：

> 沒有甚麼發生，也沒有發生甚麼
> 我們的故事在從前，早已畫上句點
> 時間的河啊，慢慢地流
> 自你走後，我便數著時間
> 時間又回來，回來數我

是你的心聲嗎？你的名門家族，你的門當戶對訂婚，你甚麼都沒有說，我無從得知，只能在你前進一步再後退兩步的猶豫中受盡煎熬。但我要讓你知道，能在當天與你相戀，人間苦楚情願忍。

　　未名湖畔的春寒料峭中你再次溫暖我冰冷的手，為我披上你的外套。盛夏徜徉於北京飯店的美食與天倫王朝的保齡球館，初秋在香山葉紅時節，纜車上你輕撫我栗色的長髮久久無語。冬日你異樣的沉默與安靜，喜歡在家裏一起看電影。我們除了沉默還有沉默，似乎也意猶未盡。

　　我開始苦苦掙扎想脫離痛愛的捆綁，選擇盡可能多的出差，也嘗試給別人一些機會，也許你是我前世一直無法破解的棋局，你是我今生永遠不能猜透的謎底。那份棋局和謎本無答案！那一天你送我到車站遠行，北京火車站夜晚空寂的廣場似乎只有我與你凝視的眼眸在深秋的風中。風中傳來譚詠麟〈愛在深秋〉。以後你會想我在深秋嗎？你卻讓我戴上耳機共聽一首童安格的歌：

> 你說我像雲，捉摸不定
> 其實你不懂我的心
> 你說我像夢，忽遠又忽近
> 其實你不懂我的心
> 你說我像謎，總是看不清
> 其實我用不在乎，掩藏真心
> 怕自己不能負擔，對你的深情
> 所以不敢靠你太近
> 你說要遠行，暗地裏傷心
> 不讓你看到哭泣的眼睛

　　我轉身離去，再回北京已是初春，特意留在家裏的 BP 裏都是你的留言，你在門外守候，我們牽手月下河邊散步到天明，那是今生第一次的忘情擁吻。你說你是沒有勇氣，只能為愛放手不忍心

我受委屈，又無法割捨，才這樣欲語還休欲罷不能。我請求你放棄那些名門羈絆，難道我們不能自力更生開始自己的生活嗎？還記得那天盛夏你送我回家，天色已晚，人已薄醉不能駕車，我們一路走回去，一路沉默，希望路一直沒有盡頭，也沒有人願意主動打破沉默。兩個人都在心裏同唱蔡琴的一首歌，把悲傷留給自己，沒有人知道這是當年你最後一次送我回家。

　　也許是我不夠溫柔，
　　不能分擔你的憂愁，
　　那就這樣吧，我會了解，
　　你的美麗讓你帶走，
　　從此以後，
　　我不再有歡樂起來的理由。

　　那一年的莫科餐廳生日宴，你精心準備的和田玉如意喜上梅梢的定情鎖，那麼沉那麼大，我曾一直掛在胸前，如今我把它做成了玉石腰帶，一生一世都圍繞著我。待你諸事了了，許我萍蹤俠影浪跡天涯！可惜我們逛遍京城的山川，遊遍古都的遺跡，我們共同的足跡不曾踏出都城一步。年輕的我們以為一切都來得及，家人總會理解，不理解的已是風燭殘年。我拒絕了多少人的仰慕，信任你的雙眸，卻收穫多愁善感的短暫。

　　第二次兩難依然是我在愛與責任之間選擇了離開。選擇不讓你為難，我以為愛到放手是給你最好的愛。生日之後你去了日本很久都沒有音信，那時候沒有電郵，沒有微信，臨行前，也是初次拜見你的母親，美麗而高貴的母親，也許不習慣自己的公子，一直照顧一個如此平凡的女孩。你說過，母親和姐姐是最容易相處的。那我

如何面對你嚴屬的父親和高高在上的祖父呢？我怕自己無法承擔你放棄名門後的責任。走吧，還是走吧。命運的安排如此意外，飛美國前一天接到你的電話，聲音裏的疲倦傷感難掩飾一絲絲幸福，風燭殘年的老人去世了。讓我再等你一段時間。我哭著說，太遲了，我不能也不想再更改離去的腳步。我一直努力想忘記你，也許遠走他鄉就是唯一的路。我知道只要在你身邊，我就會飛蛾撲火般不由自主，甚至會為了你為了愛逃婚私奔。我說我會很快回來，其實前路茫茫歸期無定。你吼道，你連一句英語都不會，你該如何生存呢？其實你不懂，我就是想讓世間的折磨麻痹我內心的傷痛。我獨自離去，你獨自守望。離去的，帶不走一世愛戀；守望的，等不來塵世相思。那些瞬間愛的美麗，經受不起塵世現實的風殘搖曳。

> 惆，在誰的琴韻裏柔成朵朵蓮花？
> 悵，在誰的笛聲中吹響黃沙千年？
> 拂沙塵散，消瘦了思念
> 沉香飄渺，收藏起眷戀
> 隔岸相思，隱逸了年少時錯過的紅樓舊夢？
> 燈火闌珊，記取了一生中相聚的悲歡離合！
> 欲相守，難相忘，遠隔重洋愁斷腸！
> 不思量，自難棄，紅塵輪迴夢中人

十年了，異國他鄉留學與工作的生活其實平淡無奇，人潮中熙熙攘攘往前走，入學上課考試入職工作生活，常在不經意間想起你的樣子。在畢業典禮，律師宣誓等每個重要時刻都會在心裏，問你是否會以我為傲。在長髮盤起的瞬間心裏都會閃現你的樣子，不知道你是否也同樣牽掛我？多少次午夜夢回，夢見你在香港依欄面

海，用周華健的一曲〈最真的夢〉告訴我你的心，夢境是如此真實，醒來卻不知哪裏是真哪裏是夢。

　　是否還記得我、還是已忘了我，
　　總是要歷經百轉千回，才知情深義濃，
　　你是那美夢難忘記，深藏在記憶中。
　　為何要等到錯過多年以後才知道自己最真的夢？

　　走了那麼遠，那麼久，有時候離你那麼近，曾經幾次就在你日本、香港的家附近徜徉，終於還是沒有相見的必要。在宣誓成為美國公民的時刻，我告訴自己今生除非必要再不回中國，如果我知道你一直在等一直在找，如果我知道你曾在紐約的街頭與我擦肩而過，是否我不應該如此猶豫錯過彼此？那年在紐約的輪渡上，我看到一個背影是那麼的熟悉，那麼的孤單，我的心瞬間凍結，我不能上前，不敢去辨認，只能退回人潮中，因為我的旁邊已經又有了他，而他對我情深意重，我們就要結婚了，我不能對不起他。人生太痛苦，如果真有輪迴，我所求這一世是最後一世，今生我不會負人，因為不要有來生，沒有機會償還。

　　如果不是九一一躲過劫難，如果不是身體每況愈下，如果不是同學畢業聚會照片中赫然發現你的身影，通訊錄你的電話依舊是熟悉的舊號碼。我應該不會回國內，父母都已在美國陪我生活。我深知你不輕易參加同學聚會，往事久難平！

　　今夜微風吹送，
　　把我的心吹動，
　　多少塵封的往日情，
　　重回到我心間。

　　奈何一場席捲全國的 SARS 把我的歸期延誤，成全了苦等你多年的她，我在來年五月歸來，你在當年九月成婚，三十五歲了，整整十年。你說這年早春三月在東京櫻花叢中舉行婚禮儀式曾反覆回眸依稀見到我白色的身影，心頭湧起那首〈遲來的愛〉，可是我還是沒有出現。此景只堪夢裏逢。

　　○五年我終於帶著一身疲倦與女兒回到北京休養，常常在夜深人靜在窗前遙看長安街的燈火璀璨，心事複雜。你的電話號碼按多次也沒有撥出去，某一天突然被這熟悉的號碼驚醒，還是你找到了我，他們告訴你，我已回到北京，重逢時心裏的驚濤駭浪都掩飾成雲淡風輕的握手微笑。不遠不近，你站在越野車前，藍襯衣休閒褲，不再是高大帥氣的陽光男孩，溫文爾雅的中年男子，我看到你早生的華髮爬滿雙鬢！心裏一痛，以為你依然是逍遙濁世佳公子！我紫衣白裙卷髮齊肩，只是手牽著稚嫩的女兒！你看到我一身的疲倦病容，心裏的悔痛溢於言表。為愛所傷的人啊，在意亂情迷中彼此癡狂，流年的風吹白了歲月的髮。

　　開花癡凝望，花落滿地傷。誰的人生不是這樣，在青春最美年華裏綻放，又飄落凋零在歲月無情的年輪上。

　　一切近在咫尺又遙不可及。別後的滋味隔著女兒稚嫩的身影，無法娓娓道來只能是不冷不熱的寒暄。我覺得冷，你奔跑去買一條紫色的披肩，桌上的菜肴依然是我從前最愛的幾種素菜，彷彿都沒有變化，其實我已經不再茹素，你依然溫柔凝視照顧我用餐，可是明明已回不去，隔了十年。我想如張愛玲的《半生緣》一樣，今生就此告別珍重吧。

　　讓我與你握別
　　再輕輕抽出我的手

知道思念從此生根
年華從此停頓
熱淚在心中匯成河流
找不到一朵可以相送的花
是那樣萬般無奈的凝視
就把祝福別在襟上
而明日，明日又隔天涯

　　我想為何當年要讀甚麼張愛玲、席慕容？讓自己的人生也框上小說主人公的悲歡？

　　是誰在樓前癡癡守候？一天又一天，你不知道我會在哪個窗口扶欄俯視。我終於下樓，問你要甚麼？你說只是和我說對不起，從前年少辜負了我，而不知道自己亦為這段情傷痛至今，現在是否還來得及？只想讓我聽一首迪克牛仔的歌〈有多少愛可以重來〉：

常常責怪自己當初不應該
常常後悔沒有把你留下來
為甚麼明明相愛
到最後還是要分開
是否我們總是徘徊在心門之外
誰知道又和你相遇在人海
命運如此安排總教人無奈
這些年過得不好不壞
只是好像少了一個人存在
而我漸漸明白
你仍然是我不變的關懷
有多少愛可以重來，有多少人願意等待

　　你說只是希望多陪陪我，既然我總是要回美國，在一起的時間就這麼短，就像從前一樣在我需要的時候做好司機保鏢，不願意我帶著孩子打車奔波。你說只是想讓我知道這些年你是如何思念牽掛，我說一切都已經太遲了。你說讓你陪我一年只四天春夏秋冬都走遍，一生只三天，昨天今天明天，生死不分離，我答應你好好想一想，其實我只能躲回美國去冷靜思考。奈何距離對相愛的人根本不是距離，每次你的長途電話，都鼓勵我，呼喚我回來，我真的可以自私一次去追求自己所愛嗎？我們真的可以重新開始嗎？我試著問，我可以離開嗎？他說為甚麼？我知道此生能有你是人生幸事，我不知道你可以陪我多久，可我還是奢望可以到永久。如同當年結婚的誓言。我訥訥無語，緊緊抱著女兒，她太早熟，用她可愛的小手抹去我的淚痕，問我，媽媽，以後我想你了怎麼辦？我還這麼小，怎麼能自己來看你呢？一瞬間淚如雨下，但至少我可以為了你，再回一次北京，哪怕真的只有四天請你好好安排。

　　春分，你推我在十渡蕩秋千，告訴我每天在書房獨自聽龐龍的〈兩隻蝴蝶〉，任思念闌珊。

　　盛夏，我們在雁棲湖蕩舟，九十九朵玫瑰花是你親手所摘。我知道是你的生日！你還是如從前般紳士，親吻我的手背，告訴我一生摯愛無憾。

　　秋分，再上香山，我允你再如當年背我下山，心情卻不同，我感覺負罪，我們本是同樣傳統的老古董。發乎情止乎禮也許對別人難，而我們卻多年如此，從少年到中年。你說曾經多少次月圓時獨自在燕園湖邊懷念遙祝。

冬至的長城，你抱起我坐在城牆垛口，為我唱一首
〈白月光〉！

白月光，心裏某個地方
那麼亮卻那麼冰涼
白月光照天涯的兩端
在心上卻不在身旁
擦不乾回憶裏的淚光
路太長追不回原諒
你是我不能言說的傷
想遺忘又忍不住回想
擦不乾回憶裏的淚光
路太長怎麼補償
你是我不能言說的傷
想遺忘又忍不住回想
每個人都有一段悲傷
想隱藏
卻在生長

這四幅油畫共同描繪了生命中的春夏秋冬，這麼多年再不曾拿起畫筆。

春初微雨落花，十渡燕來蝶舞，誰是誰的水墨天涯？木板石橋，柳溪河畔，竹樹蜿蜒，夢牽一世纏綿。

夏末輕舟唱晚，燕棲烏篷葦蕩，誰是誰的瀟湘過客？薄霧輕颺，南亭懷辛，暮色蒼茫，情繫半生飄零。

秋風秋月秋雨，香山楓林晚紅，誰讓誰的愁腸百結？天高雲淡，溪唱石歡，草黃陌綠，燈火淺降愁眠。

冬歲斜陽如血，長城霜雪橫盤，誰讓誰的心亂如麻？雜草消遁，牧野荒夷，寒風石岩，冰封萬里塵埃。

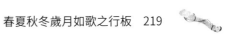

你新送的和田白玉如意小柄，我做成了一枚嵌金梅花別針，你說如意是給意中人最好的祝福。你曾收集各種木製如意簪，準備為我晨起梳妝，今生沒有這緣分了。四天我們已經度過春夏秋冬，只是我們沒有了明天與永遠。你說最喜歡我的安靜溫柔，其實我不再喜歡沉默，不再喜歡猜謎，人生經不起幾次誤會，你以為我會懂，我以為你應該說，不要等一切都來不及才恍然大悟。

　　第三次兩難，在愛與痛中我選擇了痛，因為我深知痛的徹骨，就讓我來繼續承受吧，讓她擁有愛與陪伴，不讓她受傷。既然她有了你的骨肉，你也許不知道我讀了你發來的最後的短信，你在孩子出生的時刻從醫院發來給我的短信，求我不要再次拋下你，沒有甚麼可以分開你我，死都不分離。我停機換號搬家買票回美國，不知道你是否可以理解我的所為是為了愛，不知道你是否可以理解我的痛，我只是知道你再也沒有出現在同學中。雖然第二年因為母親的手術我又回到北京。你也許不知道，之後的經常我都會把你那個139的電話號碼默背幾次，怕自己有天會忘記，但我已經沒有勇氣與必要打擾你們。只是偶然是在日本和香港街頭走過，無法從心裏抹去你的影子。我已經不再遺憾今生的一再錯過，而是遺憾後來不曾溫柔待你，讓你再也無法找到從前那個異常溫柔影子。你曾經多少次抱怨過，冷戰過，也曾認真懇求過我，可不可以不要把分開天天掛在嘴邊，能不能好好相守在一起的每一天。我也無數次流淚過，彷徨過，今天發誓要溫柔待你，明天發誓要遠離你。當你愛上一個人，請你一定要溫柔對待他，無論你們相愛的時光短暫還是漫長，只要彼此曾溫柔相待，再回首時，那麼所有的時光都是一種無暇的美麗。今天的我，每想起這首詩，遺憾與愧疚湧上心頭。我不曾把每次的相聚當成是最後一次而珍惜，而是動輒在你補償心態下的縱容與憐愛中恣意任性，其實我是發洩自己在兩難中無法釋懷無

法排遣的痛。當我們的愛無法在日光下坦然無愧，我就失去了愛的勇氣，自責與留戀如同野獸猛烈撕裂的噬痛，讓我的溫柔變了臉。原來我們之間的愛情從來就不僅僅是兩個人的故事。今天的我如果知道今生我們相聚只有那麼短，我會不會在你心中留下我最美最溫柔的樣子？可是當天的我真的做不到！如同少年的你，明明知道我在等待，可是你就是無法開口給我一個承諾，而任由我獨自在黑暗中獨行堅持受苦，後來的我如法炮製兩難的苦楚，以彼之道還給彼身，雖然我完全無知無覺。所以，請你，請你一定要原諒我。如果你依然不能釋懷，那麼就一起來聽聽這首遲來的愛：

一段情要埋藏多少年
一封信要遲來多少天
兩顆心要承受多少痛苦的煎熬
才能夠彼此完全明瞭
不願放棄你的愛
這是我長久的期待
不能保留你的愛
那是對他無言的傷害
傷痛的心一片空白
如何面對這遲來的愛

憾憾難消除，鬱鬱別故鄉。烈烈西風緊，滔滔江水長。風雨路三千，思親苦斷腸。夢醒慈母喚，雁來胡不歸？二〇一五年我父親病故，臨走前還是遺憾地說，如果當年我沒有負氣出國在北京當律師一家人團聚多好，或者如果可以讀完博士在大學任教該多好。和父母一樣當老師，是父親一直以來對我的期許。我幾乎忍不住撥打

那個熟悉的號碼。這一切都只是為了一個人一段情改變一生命運。
二〇一七年初，我自由了，在日本街頭徜徉，〈白色戀人〉是我為
我們寫的最後一首歌，我終於要放下你了，我最親愛的人，我要開
始新生活。

> 我知道再也不會相見，我們將在此斬斷所有的緣分，永不再
> 見。用眼睛記錄彼此的模樣，用心刻劃彼此的輪廓。如此，即
> 使從此不再相見，心中也不再有缺憾。許多看似擁有的，其實
> 未必真的擁有；那些看似離去的，其實未必真的離開。該忘記
> 的都難忘記，該重逢的還會重逢。只不過歲月如亂雲飛渡，那
> 時候或許已經換過另一種方式，另一份心境。而信步尋夢的
> 人，在擁擠的塵路上，也許陌生，也許熟悉，也許相依，也
> 出許背離，如果是注定要分開，那麼天涯的你我，各自安好，
> 是否晴天，已不重要。讓日子從容走下去。

兩難
作曲：巴特爾 88 技物
作詞：張楨 88 法律，龍飛 88 政管
演唱：呼斯樂 88 化學
編曲：額爾古納樂隊

還記得當初的毅然決然，願隨你到天涯尋找港灣，
揮灑了青春的無怨無悔，卻收穫多愁善感的短暫

有誰知我內心的婉轉，
午夜夢回時徘徊的兩難，情感如藤在心裏蔓延，

是否能躲開下一個驛站

風雨不變的依然是眷戀，紫色花朵陪伴不老的容顏，
是誰又在耳畔，
許下今生的諾言

一次次在紅塵中輾轉，
結果卻非所願，
如此星辰非昨夜，
終宵淚雨人茫然

又一次在掙扎中兩難，
揮不去的是思念，
重洋遠渡燕歸巢，
心如流水天地間。

間奏——

我不要親自選擇，
在愛戀與恩義間兩難，
只能獨自去品味傷感
以為心裏有愛就能伴我走遍山川

一次次在紅塵中輾轉，
結果卻非所願，
如此星辰非昨夜，

終宵淚雨人茫然

又一次在掙扎中兩難，
揮不去的是思念，
重洋遠渡燕歸巢，
心如流水天地間。

楨言箴言

張惠

「滄海月明珠有淚，藍田日暖玉生煙」，表述了纏綿細膩、動人心弦的愛情，又暗含了對美好往事與年華的追念，更向來被比擬詩境恍惚迷離，難以考索，我覺得用來形容這兩篇小說卻是極恰。

德國堯斯的「接受美學」曾經說過，當作者完成了作品之後，作品就不再單單屬於他自己，而是開放給了讀者，讀者的解讀構成了作品的豐富多義性。

它像實錄。一個是因為外在的阻力分分合合最終擦肩而過，而每次都是只差一點點，一絲絲，一揪揪，但卻差以毫釐，失以千里，讓人特別特別的遺憾。一個是因為內在的不懂不知所措最終分道揚鑣。原來那樣熾烈的誓言，也會消散；如同那麼璀璨的煙花，也會寂滅。讓人特別特別的難過。

更是寓言。美國漢學家浦安迪曾經揭示出，中國小說用春夏秋冬結撰了成住壞空。〈春夏秋冬如歌之行板〉有豐富的春之明媚、秋之蕭瑟、冬之肅殺，但是似乎惟獨缺少了夏之熱烈，這點即使作者用了蓮舟、短裙，也不足以補足，因為這裏的四季不是自然時序的四季，而是感情流轉的四季，所以總感覺缺少了一點一往無前奮不顧身的熱烈。但是如果到了〈當愛已成往事〉，你又會發現，原來所有的夏天都傾注在這裏。可是鋪天蓋地無所不在的光亮，也會讓人感到透不過氣。如果把兩篇中的 A 君和 B 君用水調和，重塑一個，豈非完美無缺？然而真實的愛與人間，哪能都是玫瑰色？

最令人縈繞於心，是已經遍嘗人間酸甜苦辣的我，一次又一次地回去尋找年少的自己，用擁抱安慰她的悲傷，用朦朧而堅定的語

言堅定她的信心，直到最終合二為一，原來她就是我，我就是她。相傳刻在德爾斐的阿波羅神廟的三句箴言之一，也是其中最有名的一句，就是「認識你自己」（Know Thyself，希臘語：γνῶθι σεαυτόν），小說中阿姨、師姐、自己的三次稱謂變化，何嘗不是一個人逐漸認識自己的過程？

　　明代的馮夢龍曾經把自己編撰的三部文集分別叫《喻世明言》、《警世通言》、《醒世恒言》，他的每一個故事，都含有喻、警、醒的用世深心在裏面。所以，這兩篇「楨言」，也是寫給每一個少女的「箴言」吧。

張惠，北大二〇〇二級中文系校友

跋：人生有盡只剩詩

周翼虎

　　大學畢業後三十年，我才認識了張楨。

　　大學時代的人，畢業後如櫻花吹雪，各有塵世去處，恍恍惚惚過了半生。

　　那時微信初起的日子，幸福極了，每天都有見不完的人、說不完的話，間或看到好的文字。

　　一天刷到一首自度詞體，吸引了我的注意。雖然不盡中諧，但是到這個年紀，已經對形式不太在意，而是注重生命的活力、靈魂的潔淨和情感的真摯。

　　過了一段時間，知道詩人是法律系的女生張楨。微信頭像正是那麼的美，啊，我想認識她。

　　見到張楨的日子，正是某年某月的某一天。

　　八八同學兩千餘名，生命軌跡不同，人生成績不同。趕上全球化最為興盛的時代，親歷了工業化、信息化、城市化強力加持的宏闊進程，可謂運不虛度。張楨是其中翹楚，「周遊過巴伐利亞和波希米亞的冰天雪地，獨自走過柏林勃蘭登堡門」，頭上「飄過黑森林的雪」，衣襟上有「吹過萊茵河的風」，這些連我在內的多數八八級同學所沒有的經歷，給了她一份自有的光華。

　　她的詩歌有著古典的細膩，也有現代人的情感。古今中外，人無論貴賤尊卑、男女老少，都求尊嚴、求意義。但是，如意太難。心如波濤、身似浮雲，是張楨作為一個人的內心寫照。半生輾轉的心緒，化作一首首、一篇篇，寫盡風華女子的剎那凝思，道出凡塵扮酷的痛苦，我睹有嘆，我見猶憐。

「白雲紅頂草色新，一身花影斜陽裏。」張楨如她寫的這首詩一樣，還有少年時的模樣。從南門進、從西門出的北大八八學子裏，在人生的上坡路上，有幾個不是自負絕學，被慾望和虛榮裹挾？又有幾個敢脫下那名門正派的華美裘袍，捫虱而談，直指流年，全是虛妄？

支撐著生命意義的，只有優雅地老去。

江河已日下，一切都只能剛剛好。

「曾經濃烈的情感，無論是親情，友情，還是愛情，最後都是情到濃時情轉薄。」

對北大多數同學來說，世界一半如我所願，世界一半未如所願。

三十年裏，不好不壞是常態。

但是，在詩裏的世界，一定要是美的。

用我最喜歡的她的一首，這首她寫於二○二一年春節的自白，來結束：

古城朝夕換陰晴，一階風聲報雨停。
眼觀高天祥雲淨，心若聖地皓月明。
笑看閒言無端事，讀盡泡影幾卷經。
夢罷慵起臨書案，簾外浮雲來又行。

周翼虎
二○二二年五月三十日

周翼虎博士，北大八八級中文系校友，著名媒體人

剎那芳華

作　　者：張　楨
封面題字：紀連彬
封面繪畫：紀連彬
責任編輯：黎漢傑
內文校對：何桂樺
內文排版：多　馬
法律顧問：陳煦堂 律師

出　　版：初文出版社有限公司
　　　　　電郵：manuscriptpublish@gmail.com

印　　刷：陽光印刷製本廠

發　　行：香港聯合書刊物流有限公司
　　　　　香港新界荃灣德士古道 220-248 號
　　　　　荃灣工業中心 16 樓
　　　　　電話 (852) 2150-2100　傳真 (852) 2407-3062

版　　次：2022 年 9 月初版
國際書號：978-988-76253-8-4
定　　價：港幣 128 元

Published and printed in Hong Kong

香港印刷及出版